U0566170

三毛猫ホームズの花嫁人形

三色猫探案
纸偶新娘

〔日〕**赤川次郎** 著

朱田云 译

人民文学出版社
PEOPLE'S LITERATURE PUBLISHING HOUSE

著作权合同登记号　图字01-2022-0884

MIKENEKO HOUMUZU NO HANAYOME MINGYO
©Akagawa Jiro 2004
All rights reserved.
Original Japanese edition published by Kobunsha Co., Ltd.
Publishing rights for Simplified Chinese character arranged with Kobunsha Co., Ltd. through
KODANSHA LTD., Tokyo and KODANSHA BEIJING CULTURE LTD., Beijing, China.

图书在版编目（CIP）数据

纸偶新娘／（日）赤川次郎著；朱田云译.
—北京：人民文学出版社，2023
（三色猫探案）
ISBN 978-7-02-018129-2

I.①纸… II.①赤… ②朱… III.①长篇小说—
日本—现代 IV.①I313.45

中国版本图书馆CIP数据核字（2023）第134234号

责任编辑　卜艳冰　陶媛媛
装帧设计　钱　珺

出版发行　人民文学出版社
社　　址　北京市朝内大街166号
邮政编码　100705

印　　制　山东临沂新华印刷物流集团有限责任公司
经　　销　全国新华书店等

字　　数　116千字
开　　本　787毫米×1092毫米　1/32
印　　张　7.125
版　　次　2023年8月北京第1版
印　　次　2023年8月第1次印刷

书　　号　978-7-02-018129-2
定　　价　39.00元

如有印装质量问题，请与本社图书销售中心调换。电话：010-65233595

目 录

中文版总序
三色猫探案：一个温情的故事世界

自三色猫福尔摩斯首次与读者见面，迄今已经有三十六个年头了。三十六年，差不多是普通猫咪寿命的两倍。

把小猫设定为侦探，这一想法的诞生纯属偶然。拿到"全读物推理小说新人奖"的第二年，出版社向我约稿写一部长篇推理小说。我绞尽脑汁苦苦思索如何塑造新奇有趣的主人公，因为在"喜剧推理"的大框架中，侦探的形象写来写去好像只有那几种。

就在这时，家里养了十五年的三色猫走到了生命尽头。这只小猫早已成为家里不可或缺的一员，而且，这十几年是我家生活最为艰辛的一段时期，正是这只三色猫为我们带来了无限欢乐。

等我正式出道，家里的生活终于有所改善之时，三色猫就像完成了自己的任务一样，永远地离开了我们。为了报答小猫多年以来的陪伴，我决定让它在我的作品中复活。于是，在《推理》一书中，与我家小猫形态、毛色如出一辙的"猫侦探"从此登场。

不过，那时我并未打算写成系列。没想到此书一经出版好评如潮，结果我又写出了第二部、第三部……年复一年，不知不觉间，这个系列已迎来了第五十部作品。原本是我希望通过写小说向我家三色猫报恩，结果它又以几十倍的恩情回馈了我。

三色猫福尔摩斯、片山兄妹、石津刑警，这些角色不仅仅是我创作的角色，多年来，广大读者已把他们当作家人一般亲近与喜爱。因此，我会一直把这个系列写下去。

中国出版界很早之前就引进了这套作品中的若干部，不知道猫这种生物，在日本人和中国人心目中的形象是不是有很多共通之处呢？

无论如何，这个系列被翻译成中文并被广泛阅读，这对于作者来说，实在是无上的荣幸。

曾经有一名小学生读者看了"三色猫探案"系列后对我说："原来坏人也是有故事的啊。"在我的书里，猫侦探也好，片山刑警也好，他们都不是对罪犯一味穷追猛打的那种主人公。有些人是因生活所迫，不得已而犯下罪行的。对于他们，我书中的侦探们在彻查真相的同时，总是怀有同情心。

　　也许现实世界比小说残酷许多，但我衷心期待大家在阅读"三色猫探案"系列时能够暂时忘却现实，在这个充满温暖和人情味的世界中获得治愈和救赎。

　　猫侦探也是这样希望……的吧。

赤川次郎

二〇一四年四月

楔　子

收拾好办公桌，她沉思片刻，站起身来。

"从明天开始，我休假一周，请多多关照。"她来到科长办公桌前。

"啊？"整天睡眼惺忪的科长抬头看着浅井启子，"哦，你要结婚了，是吧？"

"是的，要去夏威夷举办婚礼。"

"那么……恭喜你了。休假期间的工作都安排妥了？"

"能完成的都完成了，后续工作也好好地拜托同事了。"

"是嘛。那么……"

"请多关照。"浅井启子欠身告辞，"我先走了。"

说完立刻转身离开，耳中却传来中原科长的牢骚："以前她请假一周会满脸抱歉，如今却……"

对此，启子充耳不闻。

她在更衣室里脱下制服，换上套装。

"启子！"进来的是和她很要好的同事马场香。

"你还没走呢。"

"我都听到了，中原的那通抱怨。"

"随他去吧。"

"对啊，他也就剩那点儿唠叨了。"

"因为他没有被邀请出席婚礼，所以觉得无趣呗。我跟他说我要结婚了、要去夏威夷举办婚礼的时候，他的脸色都变了。"启子笑着说，"虽说决定在夏威夷举办婚礼的理由之一，确实是不想看到那种人。"

"他还以为自己很受女性欢迎呢。"

"开什么玩笑嘛！我跟他说明天要休假，一般情况下，不是都应该体恤地说'办婚礼会很忙的，早点儿回去吧'之类的嘛，他却只问'休假期间的工作都安排妥了？'……唉，真想早点儿辞职走人！"

"总之接下来的一周，你好好享受。"马场说，"即使有什么事，我也不会去骚扰你。"

"那就拜托啦。那个……中原不会打电话去夏威夷的酒店找我吧！"

启子刚说完，马场香就"扑哧"笑出了声："你放心。如果他问我，我就回答说忘了问你在哪家酒店举办婚礼。"

"谢谢啦。"启子对着镶在更衣柜门上的镜子整理了一下头发，"那我先走了。"说着，边挥手边走出了更衣室。

离开办公大楼，十月末的夜风已带着些许寒意。

提包里的手机响了。

"喂？哦，我刚离开公司。"启子边走边讲电话，"嗯，没问题了。护照都交给你父母了？"

浅井启子今年二十六岁。

明天，她即将启程前往夏威夷，翌日将与相恋三年的男朋友举行婚礼。

"这样啊，那就算了。"

本来相约今晚见面的男朋友因为接下来也要休假一周，所以现在还在公司加班，不知什么时候才能下班。

"没关系。勉强见了面，会拖得太晚回去，万一明天睡过头，会误事的。嗯，我直接回家好了。明天成田机场见。"

启子明白，即使电话里这么说了，晚上钻进被窝后估计还会煲一煲电话粥。

启子打算晚饭在外面吃个简餐，于是前往钟爱的蛋糕店，准备享用喜欢的蛋糕和红茶之后再回家。

她是这家店的常客。

一进店门，就看到满屋子下了班的白领女性。

"不介意的话，请坐这儿吧。"一位单身姑娘指着身边的空椅子请她落座。

"不好意思，可以吗？"

"嗯，我常在这儿见到您……"

"啊，是哦。"启子落座后点了单，"你是不是有一次让一只三色猫在店门外等着？"

"您居然记得啊。"

"我很喜欢猫。"启子说，"现在是因为父母反对，所以没法在家里养，但已经决定结婚后要养一只了……"

"您要结婚了？"

"嗯，明天出发去夏威夷。"

"恭喜！说起来，我得先搞定我哥的终身大事呢。"说这话的姑娘看起来明明比启子年纪小很多，却显得非常成熟、稳重。"嘿，真少见！"她看向店门口，"居然会有男人独自来蛋糕店。"

启子循声望去，目瞪口呆。

"呃……这不是刚才我说了他很多坏话的中原科长嘛。"

几拨客人离店后，中原独自坐在靠里面的位子上。

"不知他约了谁。"

启子饶有兴致，时不时瞥向中原。

因为中原背对着自己，所以不用担心被他发现。

"他好像一直在看向门口，是在等人吧？"

"我一定要看个究竟……不好意思，再来杯红茶。"启子小声说道，"您不用陪我。"

"我也想留下瞧瞧。"

"但是……"

"我的好奇心是普通人的三倍呢。"

两人相视而笑。

没过多久。

"抱歉！等很久了吧？"大约十五分钟后，中原等待的人终于出现。

"一小会儿而已。"中原的声音与他在公司里发牢骚时的腔调简直判若两人，温柔得好像猫咪"喵呜"叫。

"我想吃蛋糕。你不吃吗？"

只点了咖啡的中原回答道："我吃不了太甜的东西。"

"不行！来了这里怎么能不吃蛋糕！"

"那……你想吃什么？"

启子简直瞠目结舌。

和中原约会的是一名穿着高中校服的女学生。

"感觉有点儿不对劲嘛。"

"何止是有点儿……这个科长真差劲！"启子忍不住叹气。

“是真的！我都惊呆了……”

还没到家，启子就忍不住打电话给男朋友。

她下了电车，边走夜路边讲电话。

“怎么看都不像是亲戚家的小孩，绝对不正常。”

她平时走这条路，步行十五分钟即可到家。

一路上都是住宅区，路人寥寥，但通常没什么危险。

“他们在店里坐了二十多分钟。他还偷偷地握住那女孩的手，甚至轻轻抚摸。吃完蛋糕，两人一起走了出去，那样子绝对不可能是直接回家。店里的其他客人也都对他们侧目呢。”

啊，马上要到了。启子对着手机说：“快到家了，那我挂了哦……什么？……嗯，我随身带着相机……是啊，我包里有数码相机，把中原和那名女高中生在一起的画面都拍下来了！明天带去给你看。”

突然，一条人影与启子擦身而过。

不知那人是从哪里冒出来的。

启子忽然感到背上一阵剧痛。

“啊……好疼……”

手里还拿着蛋糕，启子却已停下脚步。

“咦？……刚才，不知怎么……突然……”回头发现人影已跑开，脚步声也已远去。

"好奇怪……我……怎么站不住了……"

启子感到生命的力量与气息似乎正在向外流泄。

"亲爱的……救救我！"

手中的蛋糕掉落在地。

启子倒在路上，完全不知道发生了什么事，也不知道自己正渐渐失去意识。

"喂！喂！……怎么了？"

手机那头传来男朋友的声音。

然而启子永远无法听见了。

没过多久，启子不再动弹。那条人影折返回来，观察片刻后，开始翻查启子的提包，然后朝启子身上扔下一件东西，疾步离开。

此时的启子已倒在血泊中气绝身亡。

她的尸体上摆放着一只长约十厘米、面无表情的纸偶新娘。

"启子！听得见吗？你怎么了？"

手机里持续传出空洞的呼喊声……

1　拉开序幕

清晨时分。

"早上好！"如此大声问候的当然是……

"石津，进屋吧。"晴美一边开门一边说，"另一个房间里的那位会被吵醒的，你小声点儿。"

石津倒吸一口气："对不起！"然而不可思议的是，他还是说得很大声。

"快进来吧。"晴美赶紧关上门。

"抱歉一大早过来打扰。"

石津刚进屋，片山义太郎就从里屋探出了脑袋："给我五分钟，我准备一下。"

"您慢慢来。"石津机敏地一屁股坐下。

"五分钟足够你吃碗饭了吧？"

"足够了！"对石津而言，片山的动作越慢越好。

片山义太郎是警视厅搜查一科的刑警，和妹妹晴美同住在这套公寓里。当然，除了兄妹俩，还有一位"同居者"。

"喵——"看上去一脸睡意的三色猫从壁橱边缓步走来。

"啊，福尔摩斯，早上好！"石津笑着打招呼。

"福尔摩斯也被你吵醒了，瞧这一脸嫌弃样儿。"晴美在足以容纳普通饭碗两倍分量的"石津专用碗"里盛上满满的米饭，"给……请吧。可以用这道菜下饭。"

"我开始吃啦！"有饭有菜，石津的嗓门再次抬高了。

"福尔摩斯，你也想吃点儿什么吗？"晴美问。

福尔摩斯"吧唧吧唧"地在盘子里喝了几口水，歇息片刻。

"最近都不喝自来水，爱上六甲之水①了呢。"

"呃……这位可真金贵。"

石津本来怕猫，但最近这种情况已经好了很多，完全是他为晴美而努力的成果。

"什么嘛，你又吃起来了。"片山义太郎一边打着领带一边走出卧室。

"哥，你也吃碗饭再出门吧，五分钟绰绰有余了。"

"我和石津可不同……不过还是稍微吃点儿吧。"片山说着来到餐桌前，"白领女性在回家路上遇害？"

"嗯，二十六岁，被人用利刃从背后捅了一刀，几乎是当场毙命。"

---

① 取名自六甲山的日本矿泉水品牌。

"唉，这一天天的，真有这么多的谋杀案。"晴美叹了口气，"是仇杀吗？"

"看作案手法，像是无差别谋杀案……但是尸体上摆放着一个纸偶新娘。"

"什么？"

"用纸折的新娘。据说死者原定明天去夏威夷举行婚礼。"

"真可怜……所以凶手知道她即将结婚？"

"不好说。"

"哎！晴美，我的饭呢？"片山叫起来。

晴美充耳不闻："石津，被害人是……"

"啊？"

"没什么，没事。"晴美脸色苍白，"我和你们一起去。"

晴美"噌"地站起身走去里屋。

"怎么回事？"

片山无奈地自己盛饭。

"喵——"

福尔摩斯似乎意识到自己只能不吃早饭空着肚子出门了，凄惨地叫了一声。

"是她？"面对片山的询问，晴美默默地点点头。

"是嘛……"

赶去上班的早高峰人群已经将道路几乎占满。警戒绳围起路边的一角，被布盖住的尸体特别惹眼。

"她的父母很快就会赶来。"石津也走过来。

"得通知她的未婚夫。"

"据说已经知道了。遇害时，她正在和未婚夫通电话。"

"在通电话的时候遇刺？太残忍了……"

"喵——"福尔摩斯绕着尸体慢慢踱步。

路上的行人纷纷扭头观望。虽然还是要去上班的，但大家赶路的时候都显得神情凝重，若有所思。

"这个纸偶新娘……"片山望着装入证物袋里的那样东西，"既然是在尸体上找到的，就一定是凶手放的吧？"

"凶手肯定知道浅井启子明天会结婚，否则是不会丢下这个纸偶的……"

"换言之，肯定是个人恩怨。得好好分析一下这个纸偶，应该能从纸张上采集到指纹。"

时代在变化，从前无法想象的线索，现在都有可能通过高科技刑侦手段而获得。

"这是被害人的手机。"石津把同样装在证物袋里的手机递给片山。

"先采集指纹，然后彻查手机里的所有电话号码，包括
拨打记录和接听记录。"

"遵命。"石津说完，又问，"尸体可以搬走了吧？"

"是啊，像这样暴露在外被更多人看到，实在太可怜。"

"等等。"晴美突然叫停。

"怎么了？"

"相机呢？"

"相机？"

"她应该随身携带着一部小小的数码相机。我昨天看见
她用相机拍摄了上司和女高中生约会的画面。"

"石津，有相机吗？"

"没有……她的提包里没有相机。"

"是嘛。"

"这就奇怪了，明明应该有。"

"有人拿走了？会是凶手吗？"

"因为被拍到对自己不利的画面，所以拿走了相机？"

"是数码相机？"

"嗯，我在蛋糕店里看到她用相机拍下了那个叫什么科
长的约会过程。我很确定。"

数码相机不同于胶卷相机，无需冲洗。如果凶手杀死浅

井启子后找到了那部相机，当场就能确认浅井拍到了什么。

"那个科长不知道自己被偷拍了吧？"

"嗯，被偷拍的时候完全没发现，但如果他在这里看到了相机并发现自己被偷拍，就一定会把相机拿走。"

片山点点头说："可以，当然目前这只是一种可能性。不过，我们去会会那位科长吧。"

这时，福尔摩斯突然迈步离开尸体所在的位置。

"福尔摩斯，去哪里啊……"晴美话音刚落，却见福尔摩斯已经走到路边站着的一名女高中生的脚边。

"哥，你看……"晴美提醒片山。

穿着水手服款式校服的少女双手拎着书包，不知为何呆呆地站在路边，直勾勾地盯着尸体。

她长着一张圆脸，肉嘟嘟的，很是可爱，但她本人似乎完全没有意识到这一点。

"那女孩是谁？"

"不知道……石津，那女孩在那里多久了？"

石津把负责保护现场的警员叫过来问了一下。

"那个女孩吗？我到这儿已经有一会儿了，估计她应该待了二三十分钟。"

"二三十分钟……是上学路上偶然经过？"晴美说道。

女孩看起来若有所思，眼神怔怔地对着尸体，完全没有注意到坐在她脚边的福尔摩斯。

"哥，我们送那个女孩去学校吧。"

"啊？"

"她在那里站了三十分钟，上学肯定会迟到的。你去安排一辆警车。"

"开什么玩笑？警车又不是出租车！"

"你看那女孩的眼神，不像是单纯看热闹的，说不定通过她能找到破案的线索呢。用警车的汽油费换取侦查的重大线索，绝对划算。"

"真服了你。"片山叹了口气，"要是科长怪罪下来，你自己去解释哦。"

"包在我身上！栗原科长那边我负责。"晴美拍胸脯保证。

搜查一科的栗原科长与片山兄妹很熟。只要夸赞他业余爱好的油画画得好，他就会心情大好。晴美早已深谙此道。

晴美朝少女走去。快走到跟前时，少女猛地回过神来，吓了一跳似的，正欲匆匆抬脚离开。

"喵！"

少女的鞋底擦过福尔摩斯的侧腹部——福尔摩斯迅速翻了个身，顺势发出俨然被踹飞的惨叫声。

"啊，对不起！"少女慌张地道歉说，"我没看到！对不起！"说着朝福尔摩斯蹲下身。

福尔摩斯故意夸张地仰躺在地上。

"那是我的猫，没关系。"晴美说着，抱起福尔摩斯。

"真对不起。"

"没关系。是吧，福尔摩斯？"

福尔摩斯喘着粗气，做出痛苦的模样。

晴美轻声呵斥："别太过分了。"

"我得去上学了。"

"我也在想你会不会快迟到了。"

"没事，反正经常迟到。"少女耸耸肩，一副无所谓的假装大人的腔调。

"你干吗一直盯着那边？"晴美问道。

少女再次将视线投向尸体。

"那个人死了吗？"

"是啊，被杀了。"

"是吗？真可怜，但我好羡慕她。"

"为什么？"

"因为她不用再醒来了。"少女说，"如果可以，我甚至想和她交换……"

少女嘴上虽然那么说，但一听说可以乘警车去上学，还是高兴得不得了。

"太棒了！不是游戏？是真的！"这种兴奋的模样才是少女该有的表情。

警车拉响警报，在路上飞驰。

"我叫片山晴美。这是福尔摩斯。"

"喵——"趴在晴美膝盖上的福尔摩斯抬起头。

"我叫市川充子。"少女说，"真对不起。和我握个手吧？"

福尔摩斯立刻伸出前爪。少女见状放声大笑："好厉害！是真的吗？它听得懂我说的话？"

"我们的福尔摩斯是一只有点儿特别的猫。"晴美说，"我可以叫你充子吗？"

"可以。我已经高一了，不喜欢别人叫我小充。"充子说，"虽然我妈还是叫什么'我的小充''我的乖乖充'。"

"对妈妈而言，三四十岁也是孩子呢。"

"但我们家……"充子欲言又止，"虽然我的名字是充足的充，其实我一点儿都不充足。我妈倒是过得挺充足。"

"你并不认识那位死者吧？"

"应该不认识……不过我还没看到她的脸长什么样。"

"是哦。死者是白领女性，名叫浅井启子。"

听说死者原定明天要结婚，市川充子说道："是嘛。"不知为何，她说话的时候故意将视线转开，"果然还是会想结婚啊。"这话听起来似乎话里有话，但晴美没有追问。

人们被问及不得不回答的问题时，未经思考的话语往往会脱口而出。

只有当心情自然而然地化作言语脱口而出的时候，才是最不加粉饰、最真实的模样。

"马上到了。"晴美说，"我有朋友在S女校，也因此参加过你们学校的文化节。"

"估计刚好来得及。"充子看着手表。

"把警笛关了吧。"晴美说，"你的朋友和老师如果看到了一定会吓一跳。"

警车在S女校正门口不远处停下来。

"谢谢！"充子一手抱着书包，另一只手摸了摸福尔摩斯的脑袋，"福尔摩斯，再见。"

"充子，这是我的手机号码。"晴子递上一张便条，"有什么想跟我聊的，随时打给我。"

"谢谢！一定……"充子郑重地接过便条，放进书包，下车朝学校正门口飞奔而去。

"总觉得这女孩有心事。"晴美喃喃道，"会再见到她吧？"

"喵——"

"你也这么觉得？"晴美以手指在福尔摩斯的双目之间顺毛抚摸着。福尔摩斯舒服地闭上双眼。

2　预言

"《纸偶新娘谋杀案》？电视台就爱这种吸引眼球、引人猜测的标题。"在休息室内看着占据了整个电视画面的大标题，草刈圆不由得苦笑。

"就是那个在婚礼前一天遇害的姑娘？真可怜。"

"可不是嘛，还是个美女呢，虽然我只看过照片。这么漂亮的姑娘遇害，真的好可惜。"

"为什么标题是'纸偶新娘'？"

提出这个问题的男人是与草刈圆隶属同一家事务所、同为演员、人气却远不及她的手冢五郎(听着像艺名，其实是真名)。

"你不知道？自己看吧。"草刈圆把一叠报纸扔给手冢。

看完报道，手冢说道："哦，是用纸折的新娘人偶啊。"

"恶心吧？下一个被害人的尸体上肯定也会有一样的纸偶。"

"下一个？快别说这种不吉利的话。"手冢皱起眉头。

"你怕什么？"草刈圆笑着说。

有人敲休息室的门。

草刈圆立刻换上一副女明星的面孔，说道："请进。"

门开了，进来的是经纪人谷本。

"差不多了吧？"

"都到齐了？"

"几乎满座。"

"那就走吧。再晚就赶不上参加晚间节目了。"草刈圆站起身，再次在镜子前确认妆容，"是不是太寡淡了？虽说是要着正装，但这也太……"

"都这时候了，没时间换服装了。"谷本一脸为难，"今天暂时就这样，行吗？"

"这样啊……"草刈圆有点儿较劲儿，越打量自己越不满。

"没关系。"手冢对一脸不情愿的草刈圆说，"我坐在你边上，一定会把你衬托得光彩夺目。"

草刈圆喜欢听这种话，不由得笑出了声。

"那好吧。走吧，手冢。"

"好。"

"进会场的时候记得挽手，多给媒体朋友一点儿福利。"

"遵命。"

草刈圆昂首挺胸、气势非凡地走出休息室。

跟在她身后的手冢给人的印象甚至称不上是一条"影子"。

酒店的小宴会厅已被布置成记者招待会现场。

工作人员刚打开门，草刈圆就瞪着手冢训斥："干什么呢！"

"来了！对不起。"手冢立刻慌慌张张地上前几步，走到与草刈圆并排的位置，和她手挽手。

"走吧。"草刈圆踏入会场，脸上立刻绽放笑颜。

闪光灯"咔嚓"狂响，摄影机亮起了标记工作状态的红灯。

"好好地笑，"草刈圆小声命令手冢，"又不是奔丧……"

"要不稍后解释一下我是因为牙疼？"

"总之，现在……"

话音未落，两人已经并排落座于会场正前方。

摄影师们蜂拥而上，不停地对二人按下快门。

后排的文字记者们催促道："喂！快开始吧！"

还有人抱怨："拍照的稍微后退一点儿！"

"抱歉，让大家久等了。"谷本拿起话筒开口道，"正如之前通知诸位的那样，今天是我们事务所的草刈圆正式发布结婚消息的记者招待会……"

一边是悠然地朝镜头大方微笑着的草刈圆，另一边则是面部僵硬、畏畏缩缩的手冢——两个人形成了鲜明对比。

媒体当然都是来看看草刈圆要和什么样的男人结婚的。

"接下来，有请草刈圆对大家讲几句话。"

谷本介绍后，草刈圆稍微做羞涩状，摄影机、照相机紧紧对着两人一刻不停地拍摄着。

"今天真的非常感谢诸位媒体朋友因为我的私事而大驾光临。"草刈圆手握话筒，口齿清晰、流利，"我今年已经三十有三，以前也传过不少绯闻，让大家受累了。"

她笑了笑，接着说："年过三十，居然还有报道猜测我的性取向。今天终于可以证明那种报道完全是一派胡言，这对我而言，实属幸事……"

草刈圆可以说是当下的顶级明星，曾被媒体誉为"日本最后的女演员"。

地位如此之高的草刈圆所选中的结婚对象手冢五郎，此时此刻紧张得快要晕厥了。

"接下来该你说两句了。"

接过草刈圆递来的话筒，手冢的手不停地发抖。

"呃……"才发了一个音，手冢就再也说不出话来。

"说一下你自己的名字。"草刈圆小声提醒。

"啊……好……呃……我叫手冢五郎。请多关照。"手冢语速极快地说完，立刻放下话筒。

大家都被他这过于简短的发言震惊了。

谷本赶紧上前救场："手冢五郎是一名演歌歌手，已经发表了七首单曲；作为演员也参演过多部剧作……"

"他演过什么？没什么印象嘛。"一位女记者毫不客气。

听着谷本例举的几部电视剧的剧名，手冢感到脊背冒冷汗。

"虽然都是配角，但他从艺已近十年。"

如果被问及具体演过什么角色，该怎么回答？

毕竟他在那些所谓"参演过"的剧中，三分之二的角色只是在时长两小时的"特别版"中扮演尸体。

不知为何，他一出场就是扮演尸体，而且不会给人以任何突兀感。即便有几个有名有姓的角色，但因为都是扮演死去的样子，所以他从未将这些写入履历。

所幸没人问及有关他扮演的角色名字的问题。草刈圆几乎独自回答了所有问题，像事先排演好的那样，从"两人相知相恋"讲到"终于决定结婚"的来龙去脉。

因为纯属子虚乌有，所以可以信口开河。

不过，他们今后必须反复回看今天的记者会录像，否则一旦两人的回答有所出入，就一定会出事……

手冢不讨厌演员这个职业。

不对，他根本没有资格说喜欢或讨厌。

对手冢而言，今天记者招待会上的自己，是他迄今为止接到的"最重要的角色"。

"辛苦啦。"

草刈圆回到休息室，坐在沙发上，视线突然被桌上的某样东西吸引了。

"这……是什么？"

桌上放着一个用纸折成的新娘人偶。

"啊，我不行了！"草刈圆的"未婚夫"手冢五郎一走进休息室就立刻瘫坐在沙发上，似乎完全没有力气再动一下。

"哎，这是谁放的？"草刈圆拿起纸偶新娘问道。

经纪人谷本此时还留在记者招待会现场，他得把印有草刈圆婚礼信息的宣传材料分发给媒体。

休息室里只有草刈圆和手冢。手冢之前一直和她在一起，不可能知道是谁把这个纸偶新娘放入了休息室。

可是大明星既然开口了，就必须有人听见并回答。

"什么？"手冢这才回过神来，意识到此刻除了自己没有别人被草刈圆问话。

"我说这个！纸偶……"话音未落，草刈圆就惊慌地拿起之前扔在桌上的报纸。

她翻开社会版，寻找遇害白领女性尸体上新娘纸偶的照片。

"哎！你看！"

草刈圆把纸偶摆到照片边上。

手冢站起身说道："真的很像啊。"

"何止像……根本一模一样！"

"啊……"手冢点点头，"但是它怎么会在这里？"

"是凶手……放的吧？"话音未落，草刈圆已脸色煞白。

"怎么可能？"手冢笑了笑，但立刻收起表情，"会不会是有人开玩笑？比如恶作剧类的综艺节目……"

"我觉得……不是。"草刈圆之所以不能完全否定，是因为如今的电视节目还真是什么都有可能干出来。

"一定是在哪里藏着摄像机吧？"手冢边说边在休息室里四处寻找。

"真够恶心的。哎，你去把谷本叫回来。"

"遵命。"手冢正打算离开休息室。

"等一下！别留下我一个人！"明明是草刈圆让手冢去叫谷本的，她却突然意识到：那样的话，自己就会落单。

"啊？"刚打开门的手冢又转身走回来。

"你留在这儿……"草刈圆刚说到这里，突然吃惊得发不出声音。

她看见手冢背后半开的门缝间闪出一只握着匕首的手。

扬起的匕首猛地砍向手冢的肩膀。

此刻的草刈圆吓得只会尖叫。

被砍中肩部的手冢疼得叫出声。

不过手冢接下来的行为真可谓英勇——他忍着剧痛，以身体关上门、顶住并大叫："快打电话叫人！用那部电话！"

草刈圆害怕至极，爬到内线电话机旁："喂！喂！救命！救命啊！杀人啦！"她抓起话筒大喊，"快来人啊！救命啊！求求你们了！"

"别慌！要先按下内线号码！"手冢提醒道，"前台应该是8，快按8！"

"8?……8！"草刈圆用发抖的手指按下按键，"喂！喂！杀人啦！救命啊！"电话一接通，草刈圆立刻大喊。

"冷静点儿！"手冢大声提醒，"告诉前台你是谁，还有，告诉对方这里是休息室。"

"啊……啊——我是草刈圆！我在休息室，有人持刀行凶！快来人啊！"草刈圆又对手冢说，"他们应该听明白了。"

"太好了……再坚持一会儿。"

最多过了一两分钟，两人终于听到工作人员杂沓跑来的脚步声。但是这一两分钟对他们而言，感觉像永远那么久。

"草刈圆！"

听到谷本的声音，手冢打开门说："她没事儿。刚才真危险……"说完一屁股瘫坐在地。

同时来了好几名酒店工作人员。

"我一点儿事儿都没有……手冢！"

刚才谁都没注意到，从手冢肩头流出的血已经将他整个上半身染红，此刻他脸色惨白。

"快叫救护车！"

草刈圆奔到了手冢身边。

"我……没事儿。谷本先生，凶手可能还在不远处，请你保护好她，赶紧带她离开。"

"好。我们快走。"

谷本抱住草刈圆的肩膀，扶她站起身。

"这里就拜托大家了。你们酒店派几个人陪我们一起走。"

众人护送草刈圆离开休息室。

草刈圆走到门口时，回头望向手冢。

"保重……"

手冢朝草刈圆挥了挥手，接着便失去知觉倒在地上……

3　蛋糕与专业人士

"我想死。"

市川充子若无其事地说。

她看着把蛋糕端到自己面前的女服务生的笑脸，指着栗子蛋挞说："还有……我还要这个！"语气平静，语调平板。

晴美无言以对。

她完全摸不着头脑——冷不丁地听见有人说什么"我想死"，真的会发蒙吧？

"哦，是吗？"晴美说，"不过呢……"

"我根本就不想被生出来。"市川充子喝了口水，"啊，真好喝，这不是自来水吧？"

"我们店里供应的是特地采购的矿泉水。"女服务生正为她们摆放蛋糕专用叉，听充子称赞水好喝，忍不住自夸起来。

"这么讲究啊，你们这家店真好。"晴美笑着说。

"说起来，"说是服务生，其实不是小女生，已经三十岁出头，颇有工作经验，"之前和您一起来的那位好像遇害了……"

"是啊。你记得好清楚。"

"因为发生在她从我们店回去的路上……知道那件事之后，我真的很受打击，想着如果那天我早一点儿把饮料送上来，也许她就不会遇到那种事了。"

"别这么说。凶手是特地等在她独自步行回家的路上伏击她的。你真的不必内疚。"

"谢谢您。有您这句话，我心里稍微好受些了。"女服务生说着低下头。

自动感应式店门开了，片山义太郎与石津走入店内。

"哥。"

"你们已经到了啊。"

晴美向充子介绍自己的哥哥与石津。

"现在是什么情况？"晴美问。

"我们约了那个叫中原的科长来这里见面。应该快到了。"

片山和石津坐在晴美她们的邻桌。

"问过话了？"

"算是吧，但他完全否认曾在这里与女高中生见过面。"

"真能瞎说！我都看见了。"晴美说，"对了，这家店的工作人员也可以证明。"晴美叫来刚才那名女服务生。

"噢，二位是刑警啊，我是负责这家店的长田幸子。"

"请多关照。"片山说，"马上会来店里的是前阵子那位女性受害人的上司，据说他曾在这里与女高中生见面。过会儿见到他，你能指认一下吗？"

"上次他们也是在这里见面的，对吧？"晴美说。

"呃……"长田幸子有些迟疑，"您说的那位，我应该能认出来。但是……请问，他做了什么坏事吗？"

"目前还不能这么说。"片山说。

"那么，恕难从命。"

"什么意思？"

"每位客人来这里，享受的都是私人时间。如果店里的工作人员擅自说出谁和谁在这里见过面，就一定会让客人失去安全感，以后都不会有人来了。所以，作为店方的工作人员，我不能告诉您那位先生在这里见过谁。抱歉。"

片山与晴美面面相觑。

"明白了。"片山说。

"抱歉，我说了些不知分寸的话。"长田幸子低头致歉。

"不会，该抱歉的人是我。您说的很对。"

"谢谢您。"长田幸子松了一口气，"您想好点些什么了？"

石津一脸认真地回答："听了您刚才那番话，我很佩服。只点咖啡未免失礼……再来块蛋糕吧。"

"你总能找到吃的理由。"片山揶揄道。

"这一点，我从不否认。"

一直在边上听他们说话的市川充子突然开口道："真让人吃惊。"她满脸愉悦，"身边有你们这些人整天围着，那个福尔摩斯真幸福。"

"也许它会有异议。"晴美说，"说起来……为什么想死？"

"因为……即使我活着，也不会有任何人高兴。"

"只是这种理由？"

"太可惜了！"石津说，"死了就吃不到美味的蛋糕了。"

"真的呢。"长田幸子端着摆放蛋糕样品的盘子走过来，"至少要活到尝遍这里所有蛋糕的年纪，如何？那之后的事，可以再商量。"

充子微微一笑："我已经很久没有一天之内笑两次了。"

"哥，你也选一块吧？"

"我就不必了。"

"你必须选！"充子说，"片山先生不吃，我就去死。"

"你还真会把'死'字挂在嘴边。"片山苦笑，无奈地选了一块看起来热量比较低的蛋糕。

"充子，"晴美一边挑选蛋糕一边说，"你希望有人知道你过得不幸福，对吗？"

充子放下手中的蛋糕，盯着晴美："你怎么知道？"

"直觉。"

"我……和你在一起还不到几个小时，你却明白我在想什么。有的人和我一起生活了十六年，却完全不懂我的心思。"

"那是……"晴美话没说完，中原走进了店里。

"请坐。"

片山放下吃了一半的蛋糕，请中原坐在空座位上。

中原板着脸说："来杯咖啡。"刚点完单又立刻催促，"快点儿，我不习惯待在这种地方。"

"是吗？但听说你在这里和女高中生见面……"

"怎么可能！我喜欢的是酒，根本不会走进这种甜食店。"

"但是已故的浅井启子告诉未婚夫说在这里见过你。"

"那一定是浅井看错了。"中原一脸不悦。

"你看，这家店这么小，而且她每天上班都能见到你，我不觉得她会看错。"

"总而言之，她看到的不是我。"中原坚决否认，耸了耸肩，又说："因为浅井讨厌我，所以故意捏造那种故事。"

"捏造？她为什么那么做？你有没有做过让她恨你的事？"

"我什么都没做，倒是她主动勾引过我。"

中原的说辞，连片山都感到无语。

"她勾引你？"

"是啊。之前大家一起喝过酒，散场的时候，她说不舒服，我就好心照顾了她。"

晴美忍不住嘟哝道："越说越龌龊。"

充子听到晴美的吐槽，拼命忍住笑。

"然后她对我说喜欢我。但我告诉她，我是有家室的人，不能接受她的爱意。当时她嘴上说明白了，但内心肯定恨我。"

晴美越听越来气，恨不得立刻站起身来拿杯热红茶朝他头上浇下去。

正常人都会选择相信是中原向浅井启子求爱未遂。

"我说完了，可以走了吧？"中原起身准备离开。

"等一下。"晴美开口阻拦，"那天我也看到你了，你和一名女高中生一起在这里吃蛋糕。就在浅井启子遇害当天。"

"是吗？"中原面不改色，看着晴美，"抱歉，请问你以前见过我吗？"

"没见过，那天是第一次见你，但肯定是你。"

"穿西装打领带的中年男人长得都差不多。你这种能算作证词？"中原轻描淡写地反驳，又对片山说："刑警先生，我告辞了。"说完正欲离开。

"哟，您又来约会了？"长田幸子送来一杯水。

"你认错人了，我是第一次来这里。"中原瞪着她。

"啊呀，抱歉！但我真以为您是来约会的……和那边那位。"

"你胡说什么……"

中原朝门口方向看去，不由得"啊！"地叫出声。

穿高中校服的三个女生正有说有笑地走进店里。晴美立刻认出其中最显眼的那个正是那天和中原在此约会的女孩。

中原难掩惊慌失措。

"啊，呃……我去一下洗手间。"说着，转身背对店门。

"啊！大叔！"那女生居然主动大声向他打招呼，"太好了！真巧！在这里遇见你。"

中原继续嘴硬："你认错人了吧？"

对方不以为然，朝身边另外两个女生介绍说："这就是我一直跟你们提起的、对我特别好、出手特别大方的大叔。今天既然遇见他，就完全不用担心蛋糕的费用啦。"

"啊？不太好吧？"

"有什么关系？也许他还会请我们吃晚饭呢。"

"真的假的？我想去明星们经常光顾的C餐厅！"

"我想去吃K酒店的高级寿司。"

"等一下！我得问一下大叔的安排，对吧？"

中原被当场拆穿，无奈地看向片山等人。

片山开口道："抱歉，我们要和这位大叔谈些公事。"

"但是呢，"晴美说，"我觉得蛋糕、饮料之类的，他一定会买单的。"

"好啊，好啊。"三个女生齐齐点头，"吃饭可以约下次。"

中原的脸好像在抽筋，苦笑道："那么……你们去选自己喜欢的蛋糕吧。"

"太棒了！"

长田幸子端来摆放蛋糕样品的盘子，她们顿时眼睛放光。

"今天决定放弃减肥。"

"放心，这儿的蛋糕没那么甜。"

"既然大叔说请客，只吃一块会不会太失礼？"

结果三个女生每人选了三块蛋糕。

中原的表情好似口嚼黄连，耳中又听到片山说："那么我们也好好聊一聊吧……"

4　家庭的风景

"大叔，再见！"

"谢谢款待！"

"记得随时短信联系哦！"

"哎！不许你们对我的大叔下手！"那名女生对同伴说，"你们先走吧，我还有话和大叔说。"

"明天听你详细讲哦！"

"我的讲述费很贵的！"

"明天见！"

店内突然安静下来。

另外两个女生离开后，与中原交往的那个独自留下。

她来到片山等人的桌边，拉开一把椅子坐下。

"怎么说？"

"你是……"

"我叫堀田留美，今年十六岁，在R女校读高一。"她自报家门后从书包里拿出学生证，"你们看。"

"谢谢。"片山朝面色惨白、无精打采的中原看了一眼，"你和这位中原伸治先生在交往吗？"

"嗯。"

"三天前的晚上，你们在这里见过面？"

"见过。"

"离开这里之后呢？"

中原猛地咽了口唾沫。

如果这个名叫堀田留美的女孩回答"马上就分开了"，会让他背上杀害浅井启子的嫌疑；但如果她说"两个人一直在一起"，而对方才十六岁，这事儿可不是闹着玩儿的。

"一直在一起。"

"到几点为止？"

"十点左右。"

"没记错？"

"当时看过手表，是我开口说：'已经十点了，我该回去了。'是浪琴手表，时间是准的。"

"是吗？"

如此一来，中原就不可能杀害浅井启子。

不过说实话，片山从一开始就觉得这种男人不可能杀人。

晴美也坐到了这桌。

"你叫留美，对吧？你和这位中原先生那晚去了哪里？"

中原的脸色越来越难看。

"一直在闲逛。"

"闲逛？"

"在长凳上坐坐，去那边高楼的瞭望台上看看……这附近可以逛的地方很多。"

"一边逛一边还做了什么？"

"聊天，聊各种事。"

"具体聊什么？"

"工作上的事、公司里不开心的事，他说没人理解他的辛苦，还说现在的年轻人都不尊重长辈。"

"都是抱怨嘛。"

"是呀，但那样的他才可爱啊。"

"可爱？"

"因为很真实。大部分成年人对我这个年纪的女孩说话时总喜欢摆出一张爱说教的脸，好像自己什么都懂。但中原先生不一样，他让我觉得很安心，什么都愿意对他说。"

"这个……"

"对了，"堀田留美对片山说，"刑警叔叔，我和这个人只是朋友关系哦。也许你们会怀疑我们之间有那种交易，这都随你们，但我们可没去酒店之类的地方，真的。"

"是吗？"

"大叔可以和高中生交朋友，不是吗？这不违法吧？"

"话虽如此……"

"是吧？我和中原先生特别投缘。"

片山觉得，中原的表情似乎在暗示事实并非女孩说的那样。如果堀田只考虑自己，不至于要如此袒护中原；也许是因为这个女孩很懂成年人那一套。

"行了。"片山说，"中原先生，你今天可以回去了。有需要的话，我们会再联系你。"

"好。"中原拿出手帕擦拭额头的汗。

"再见。"留美朝中原挥挥手。

"嗯……"中原朝留美点点头，疾步离开。

"你们会联系我的学校吗？"留美问。

"不会，你什么都没做，不是吗？我们相信你。"

留美莞尔一笑："真难得。"

"什么？"

"很少有大人愿意相信小孩的话。"

堀田留美身材微胖，少女感十足，举手投足很符合十六岁的年纪，一脸天真浪漫。

"没那回事。"晴美说，"大人有各种各样的，就像十六岁的女孩也各有不同。"

"嗯，我也稍稍改观了。"留美站起身，"你们可别太欺负中原先生。他很胆小，害怕被当作傻子，才会嘴硬。"

"原来如此。"

"如果不能再见到我，不知他还能找谁吐苦水……"

留美说了声"再见"，挥手离开。

众人沉默良久。

"真是大开眼界。"市川充子先开口了，"她和我一样是十六岁吗？言谈举止已经是个大人了！"

"是啊，"晴美摇摇头，"但这么早熟未必是好事。"

"嗯……但是她看起来真的很独立。"充子一脸钦佩。

"哥，我觉得凶手不是中原。"

"我也这么觉得。如果那个叫留美的女孩子说的都是真的，客观上，他不可能行凶。"

"那么问题来了，凶手为何拿走数码相机？"

"是啊。如果有人知道数码相机里拍了些什么就好了。"

晴美突然想到什么似的，说道："充子，你该回家了吧？家里人会担心的。"

"没关系，压根没有人担心我。"充子回答。

"欢迎光临。"刚进店的是一个男人，长田幸子也认识，"哟，今天挺早啊。"

"本来有个会议，临时取消了。"

"是吗？但我们的营业时间……"

"我知道。"

"诸位……这位是我先生。"幸子向片山等人介绍。

"我是长田登。"穿粗呢上衣的男人给人颇稳重的印象。

"您是在学校里当老师吗？"

听晴美这么一问，男人不禁稍微瞪大了眼睛。

"你是怎么知道的？"

"您的袖口有粉笔灰。"

"啊，原来如此。"

"他是中学教师。"幸子说，"要对付那些任性难缠的学生，每天回家都很晚。"

"这家店九点半关门，我经常过来等她一起回家。"

"难得你早下班，回家看看书不是蛮好？或者可以小睡一会儿，毕竟你平时太缺乏睡眠了。"

"无所谓，书什么时候都能看。我点杯咖啡等你下班吧。会不会影响你们做生意？"

"不会，我们更欢迎出手大方的顾客。"幸子笑着说。

"那……来杯维也纳咖啡，比普通咖啡贵三十日元的那款。"长田登故意一脸严肃地下单。

"真好啊。"充子羡慕地说道。

"果然还是得有个好老公才能好好工作。"晴美也很感慨。

"完全同意!"石津点点头,"如果我能娶到晴美这么好的太太,也许就能当上警视厅总监了……"

"您几位是刑警?"坐在邻桌的长田登问道,"听说今天发布结婚消息的女演员草刈圆的未婚夫被砍了……"

"是吗?"片山尚不知情,"莫非嫌疑人是女方粉丝?"

"不是,新闻说嫌疑人是冲着草刈圆去的。"长田继续说道,"听说休息室里还摆了个纸折的新娘人偶。报道称,凶手很可能与之前谋杀那名来过这里的职业女性的是同一个人。"

片山与石津同时愕然。

居然完全没听说!

片山立刻起身:"我去趟洗手间。"说着快步朝店外走去,同时掏出手机,"喂!是科长吗?"

"片山?干吗这么大声?你越来越像石津了。"栗原科长抱怨道。

"先不扯闲话,科长……"

"我知道,你想问草刈圆的案子,对吧?"

片山有些不大高兴。

"您怎么没联系我？"

"很简单，因为我也不知道。"

"您也不知道？"

"我是刚才看了电视新闻才知道的。他们很晚才报警。"

"话虽如此……"

"也不知是联系了谁。据说有一家前去采访结婚发布会的媒体收场得较晚，结果正好撞上了。他们还试图隐瞒，不让其他电视台知道纸偶新娘的事。"

"太过分了！"

"总之，现场已经处理完毕。明天你去问一下详细情况。"

"遵命。"片山答应得不是很痛快，"没出人命吧？"

"好像没有。你看一下电视嘛！"

片山无言以对。

5　绑架闹剧

"真叫人难以置信，太过分了！"

片山一边看电视一边发脾气。

"别生气了，偶尔是会有这种情况的。"晴美边准备晚饭边问，"福尔摩斯呢？"

"喵——"

"虽然回来晚了，不过能在自己家吃饭真好。"

"也是……"

石津因为必须回警署工作，所以难得没跟过来蹭饭。

"那家伙说不准的，也许会叨叨着'爱工作更爱美食'就屁颠屁颠过来了呢。"

"准备的饭量倒是足够。"晴美一边盛饭一边安慰，"吃饭吧。福尔摩斯，你等饭再凉一点儿哦。"

电视上反复出现这几个字："凶手的目标是草刈圆！他保护了挚爱！证明了作为未婚夫的勇气！"新闻内容是手冢五郎这个默默无名的小演员为大明星草刈圆挡下一刀。

紧接着，电视画面上出现"新娘纸偶之谜"字样和……

"真的一模一样。"片山说，"至少看起来完全一样。"

"会是同一个凶手吗？但普普通通的职业女性浅井启子与大明星草刈圆完全是两种类型。"

"两者之间应该有共通点，得好好想想。"片山开始吃饭，"好在只受了轻伤。"

话音刚落，玄关处传来敲门声。

"果然还是来了。"

"不是石津吧？他敲门哪有这么温柔。"

"也许是觉得不好意思才轻轻敲门？"片山说。

"来了。"晴美来到玄关处把门打开，"呀，是充子。"

站在门口的是市川充子。

"晚上好！福尔摩斯呢？哦，在啊。"

充子边说边走进屋子，来到蹲在饭盆前的福尔摩斯跟前，单膝跪地，反复抚摸着。

"怎么了？"

"今晚能让我住在这里吗？"

"住在这里？你家里人呢？"

"我给我妈留了字条。"

"这……你明天还要上学吧？"

"上学需要的东西都准备好了。因为这样，所以花了些时间，来得晚了。"

"你不直接告诉妈妈？"

"因为她一直不回家呀。"充子摆出正坐姿势，面对片山低头致意，"打扰府上了。"

"来我们这样的小公寓？何苦呢……"片山苦笑道，"吃晚饭了吗？要是还没吃，一起吃点儿，然后给妈妈打个电话吧。"

"好！我正好肚子饿了。"

"那就坐上桌吧。我马上给你准备。"

充子环视屋内："虽然小，但让人很安心。"

"你家呢？"

"我家是高级公寓。嗯……有一、二、三……"充子扳着手指数，"五室一厅。"

"这么大！"晴美瞪大了眼睛。

"还有两个浴室、三个卫生间……其实只住了我和我妈。"

"两个人住？"

"再加一个保姆。"

充子开始大口吃饭。

虽然体形差距颇大，但狼吞虎咽的吃相绝不输给石津。

晴美心想，这时候要是石津也来，饭肯定不够。

正在吃饭的福尔摩斯突然抬头看向门口，"喵——"地叫了。

"福尔摩斯，怎么了？门外有人？"

"估计是石津那家伙。"

"怎么可能？石津的脚步声我听得出来。"晴美话音刚落，耳中便传入走廊地板被踩踏的声音，"不会吧？是石津吗？"晴美隔着门对外面问道。

"晴美！你没事吧！"确实是石津的声音。

"什么没事吧？"晴美走到玄关处打开门，"怎么回事？"她吃惊地看到石津身后站着的五六名警察。

"太好了！这么看来只是一场恶作剧。"

"到底怎么回事？"

"有人报警说女儿遭绑架，被关在这里。"

"这里？我们这间小公寓？"

"是啊，地址是这里，而且门牌号码是你们家。"

"但是……"

"是一个叫市川安伎的人报警。"

"市川？"充子听了大吃一惊，站起身来，"是我妈！"

"好吧，但她为什么报警？"

"噔噔噔——"大家听到一阵大有撼动走廊之势的脚步

声，只见一个身材壮实的中年女人气势汹汹地朝这里走来。

"我的小充！你没事吧？"女人说着伸手去抱充子。

充子驾轻就熟地从那只手里逃脱。

"妈！我不是给你留言了嘛！"

"你说你要留宿在男人家里，这怎么能让人放心嘛。"

"那你也没必要报警说我被绑架，这里住的是刑警！"

"年轻的女儿独自离家出走，这和被绑架有什么区别？"

晴美吃惊于这个女人真是歪理一大堆，但仔细一看，不禁问道："啊……您是市川安伙？"

晴美在电视上经常看到这张脸。

"充子，你妈妈就是……"

充子叹了口气："嗯，她就是我妈。"说着，向大家赔不是，"抱歉，闹出这么大的动静……"

"总之，就是这样。"市川安伙笑呵呵地说道，"谢谢你们照顾我们家小充。"

石津从玄关进到屋内："弟兄们都撤了。"

"辛苦啦。"晴美慰问道，"在这儿吃晚饭吗？"

"啊……"

"别担心。稍微等一会儿，马上煮好。"

"那我也尝尝。"

"妈!"

"你不是也在吃嘛。"

"市川安伎女士一定经常去知名的高级法国餐厅,我们家的粗茶淡饭恐怕不合您的胃口。"

"没关系啊。偶尔吃些简单的,可以当作转换心情。"

"妈!"充子满脸通红。

"抱歉。我这个人是有什么说什么的脾气。"市川安伎问道,"有葡萄酒吗?"

"妈!你真当这里是饭馆吗?"

"不巧,只有用来做菜的那种。"晴美说,"您稍等。"

市川安伎环视屋内:"虽然旧了点儿,但收拾得很干净。"

"呃……"石津说,"我问一下,您是做什么工作的?"

"嘿,你在说笑吗?难道你平时不看电视?"

"偶尔看看,毕竟工作太忙了。"

晴美在厨房里一边手脚麻利地做饭一边说道:"市川安伎女士是作家,她的《天使与我》可畅销了……难道那本书里的天使就是充子?"

"是的。"市川安伎点点头,"已经长得这么大了。现在已经变成胖妞天使了。"

片山也依稀记得那本书。

充子今年十六岁，也就是说，那是十五六年前的事了。

市川安伎当时还是新人作家，在某周刊上发表了名为《我要生下××××的孩子！》的手记。

对方是某大型企业的社长，家有妻小。

市川安伎在手记中指名道姓，并宣布："他从未说过要娶我，今后也不会。我要一个人生下并抚养这个孩子。"

一开始，对方表示否认，但市川安伎将两人的合照发给了周刊，对方才无奈地承认两人确实发生过关系。

虽说对方表示"会尽力而为"，但市川安伎完全不接受，而是选择做未婚妈妈。

这在当时非常少见，如此有勇气的举动令她一举成名。

生下女儿之后，市川安伎将生产经过及自己与孩子共度的每一天写成《天使与我》，出版后成为销量超过百万册的畅销书。

后来市川安伎不断地在媒体上露面，还成为某电视台智力问答节目的常驻嘉宾。与其说她是作家，不如说以她的主要活动来看更像是个演艺明星。

"已经十六年了，日子过得可真快。"

晴美准备好了饭菜。

“让大家久等了。”

“谢谢。充子，你也吃啊。”

充子默默地吃饭。

石津也开始吃了，这顿晚饭让片山家的米缸一下子轻了很多。

“那么，你们是在调查前阵子的谋杀案？”安伎一脸期待地看着片山，“有没有尚未透露给媒体的线索？”

“不能告诉我妈！”充子赶紧制止，“她一定会在电视上口无遮拦，乱说一通。”

“瞎说。”

“我说的都是真的。”充子顶嘴。

“在电视圈混，其实很难坐稳常驻嘉宾这个位置，必须时刻‘竖起天线’，发现话题……啊，抱歉，我接个电话。”

安伎包里的手机响了。

“妈，你能不能换个来电铃声？起码换个不这么吵闹的。”

安伎的来电铃声是当下的流行歌曲，片山完全不懂这些。

“喂？……哦，是我……啊？现在？……行啊，当然可以！三十分钟后大堂见。”挂断电话，“我有点儿事要走了。”

“妈！你太过分了！人家特地为你准备了饭菜。”

“没办法嘛，我要去陪那些平时很忙的大人物。”

“说来说去，还不是陪男人！”

"不行吗？"

"行。"

"今天我要住在箱根那边。你明天要好好上学哦。"

"知道了。"

"为了让你入读这所高中，我每年都要去你们学校做近乎免费的演讲。你要是不好好上学，真的会让我很难堪。"

"我好好上学了呀。"充子说道。

"那我走了。谢谢款待。"市川安伎站起身走到玄关处，"小充就拜托你们了。"

"好。您放心。"晴美送客。

"这个请收下。"安伎朝晴美手里塞了几张钞票。

"您这是……"

"我走了。打扰啦。"

"噔噔噔——"伴随着又一阵无所顾忌的脚步声，安伎离开了片山家。

"你妈妈挺能说。"片山说。

"对不起。"充子真想找个地洞钻进去，"我去洗手。"

见充子暂时离开，晴美悄悄地对片山说："真是服了她妈妈。"说着把手里的万元钞票拿给片山看。

"她居然塞给你这个？"

"要是告诉充子,她一定会更难过。以后给她妈妈送回去。"

"嗯,这样比较妥当。"

晴美把钱塞进兜里。

"晴美!"石津问道,"可以再来一碗饭吗?"

"当然!多吃点儿,不要钱。"

"以后算总账。"

片山说完,福尔摩斯"喵——"地笑了。

手冢睁开眼睛。

他想动一下身体,背部的痛感让他意识到自己现在是趴着。

"疼……"从肩到背,虽说伤口不深,但被砍得不轻。

"哎哟喂……"手冢喃喃自语。

凭着草刈圆的关系,他被安排在单人病房——他现在好歹算是草刈圆的未婚夫。

这么一来,应该暂时不会被炒鱿鱼了。

手冢并不是草刈圆的"真命天子"。

事实上,草刈圆正在和一个有家室的明星交往。她赶在媒体曝光前,拿手冢当烟雾弹。

对方的离婚谈判正在悄悄进行。草刈圆特别担忧,万一这个时候爆出丑闻,会不利于对方办理离婚。

即便如此，很多人也不相信草刈圆的结婚对象是手冢。

这起意外事件对草刈圆而言，来得正是时候。这么一来，媒体暂时就会把焦点放在手冢身上。

"这差事可真不好干……"手冢嘟哝了一句。

"怎么了？"

突然听到草刈圆的声音，手冢吓了一跳。

"您怎么在这里！……您来干什么？"

"我来照顾你啊。来病房还能干什么？"草刈圆凑近了问道，"还疼不疼？要不要我去叫护士？"

"不用，这里有呼叫铃。"

昏暗的病房中，草刈圆似乎真的很关心手冢。

"您还有工作要忙吧？不必陪在这里……"

"你恨我吗？"

手冢吃惊地问道："为什么要恨您？"

"因为……要不是我做了那样的事……"

"凶手没伤到您，真的太好了。这样也好，我可以休息。"

"你这个人……"

草刈圆迅速附身吻了他一下。

"我明天再来看你。"

手冢呆若木鸡，喃喃自语："这……莫非是狐仙？"

6 援手

　　借着暂时离开座位的一小会儿工夫，嘴上说着去洗手间的中原跑来更衣室点了一支烟。

　　公司内"禁止吸烟"，他只能像这样躲起来抽几口。

　　说实话，中原的烟瘾没这么大，但人就是这样，越是被禁止就越想要。

　　见不到那个女孩——堀田留美——他有些郁郁寡欢。

　　当然，他可以早点儿回家，那样也好，老婆和美会很高兴。

　　然而，中原心中感觉好像被挖了个洞……

　　"嗯？"他放在更衣柜里的手机响了。

　　中原取出手机一看，心里"咯噔"一下。是留美打来的！

　　"喂？"

　　"啊，我还以为你在上班，不能接手机。"

　　"我正好在更衣室。"

　　"你在更衣室干吗？"

　　"抽支烟。"

　　留美笑道："怎么好像高中生？抽烟还得偷偷摸摸？"

"是啊，很辛苦呢。今天下班后能见面吗？"

"嗯……可以，今天算是我主动找你。"

"那……那家蛋糕店不能再去了。"中原说。

两人约了在购物中心见面。中原挂断电话，得意地忍不住吹起了口哨。

"科长！"回到办公室，一名属下向他报告，"刚才您家里打来电话。"

"我老婆打来的？"

"我说您暂时走开了，夫人说会发传真过来……正打印呢。"

中原朝传真机走去，等着传真纸打印完毕。

"中原伸治收……"

确实是中原的妻子和美的字迹。

怎么回事？

中原拿起传真，看完脸色煞白。

"我回娘家了。和美。"

回娘家？为什么？

突然，中原在脑海中将留美的电话与妻子的行为联系起来。

"一定是那丫头片子告诉她了！"

中原觉得，肯定是留美找和美摊了牌。

"不要脸的东西……居然还若无其事地来约我。"

中原将传真纸捏得"咔嚓"作响。

他自知理亏，但脑子里明白和情感上接受是两码事。

怎么办？

中原离开座位，想给留美打电话。

最后还是决定当面说清楚。

没错。

就说为了谢谢她上次在警方面前袒护自己，请她吃大餐。趁她开心，带她去酒店。

然后……

中原把留美视为成年女性，开始制订计划。

"是自杀？"

片山抬头看着"悬崖"。

没想到在东京市内的住宅区还会有这种"悬崖"。

然而这里确实高达十几米，堪称悬崖。

"据说这里原本是开山后建造的住宅区。"石津说道。

"不是自己失足摔下来的？"片山问道，"查到身份了？"

"是职业女性，须贝弥生，二十八岁。这里有她的工作证。"

"通知她家里人了吗？"

"打过电话，但一直没人接。已经派人去她家，就在附近。"

"是回家路上出事的？"

"也许……距离尸体五六米远的沟里……"顺着石津所指的方向，片山看到了那个虽然已被泥污弄脏却一眼就能认出是与之前同款的纸偶新娘。

一辆警车开了过来。

"这位是被害人的父亲。"跟在一名年轻警员身后的是一位憔悴不堪的老人。

"我闺女……死了？"老人声音颤抖。

"我们知道这很难，但还是需要您确认一下……"

"是我闺女。"老人蹒跚凑近尸体，"是我的弥生。"

片山咳嗽了一下，问道："须贝先生，您女儿最近要结婚？"

"她原定下个月要举行婚礼。"老父亲说完，泣不成声。

"果然是谋杀。"石津小声说道。

"应该是。"片山边说边叹气。

到底是怎么回事？这下媒体又该大做文章了。

片山兜里的手机响起。

"片山吗？又被凶手得逞了。"是栗原打来的。

"科长……你怎么知道？我们刚确认完尸体。"

"可不是嘛。我还知道现场也有一个纸偶新娘。"

"啊？"

"因为报案人已经直接告诉电视台了。"

真是乱来！片山看到电视台的车子朝这边驶来。

"电视台的人已经来了。"

"拜托你了。今天我要早点儿下班，头疼。"

片山觉得自己才想早点儿收工呢。

啊，是妈妈。

市川充子看到从出租车上下车的市川安伎，停下了脚步。

放学后觉得无聊，充子决定来市中心逛逛。

没想到会在这里偶遇自己的母亲。

但是，充子觉得很不可思议。

母亲的穿着太过朴素，与平日里的市川安伎很不一样。

平日里，母亲虽然总是抱怨着"最讨厌不认识的人主动凑过来"，但喜欢穿得特别显眼，还总爱走在显眼的地方。可今天的她看起来倒真的是在避人耳目。

怎么回事？

难道因为男人？

但即使是和男人约会，母亲也从来不会偷偷摸摸的。

充子突然来了兴致，决定跟踪自己的母亲。

市川安仗走进一家位于小巷里不起眼的咖啡馆。

充子悄悄朝里看去，看到母亲正在和一个陌生女人谈话。充子走进店里坐在母亲邻桌。

安仗正专注于谈话，且背对店门，完全没有注意到充子。

"原来如此。"安仗点点头，"是男方的母亲擅自取消了。"

"是呀。因为反对儿子的婚事，所以大吵大闹的，这样的情况经常听说，但这种瞒着儿子取消婚礼的母亲还真少见。"

"得知婚礼被取消，儿子有何反应？"

"还蒙在鼓里呢。"

"啊？"

"男方的母亲反复叮嘱，不让别人告诉她儿子。"

"那怎么办？"

"等当天到了现场才发现婚礼已经被取消，她儿子一定会大吃一惊的。"

"这么一来……"

"男方的母亲准备倒打一耙，说是新娘取消的，然后她儿子一定会震惊得当场晕厥……"

"一定要亲眼看看那种场面！这条消息我买了！"安仗说，"具体是什么时候？"

"后天。"

"我一定去。"安伎将情报记在记事本上,"地点和时间?"

在一旁偷听的充子吃惊不已。

这可不像是假的。

原来如此……

母亲市川安伎现在的主要工作是写散文和参加电视台的脱口秀节目。她经常叫苦,说要为脱口秀寻找素材实在很难。

"我总能遇到有趣的事。"这是安伎的口头禅,原来她是这样"遇到有趣的事"啊。

然而……也许不算违法,但被当作素材的人怎么受得了?

透露信息的人是谁?

"这个给你。"安伎说着,交给对方一个信封。

"谢谢您一直关照我。"

充子判断,信封里装有现金。

对方把信封放进包里说道:"还有一对奇怪的新人……"

"很好,没有比别人的不幸更有趣的素材了。"安伎笑道。

充子只觉得心情沉重。

"那么我先告辞了。"对方站起身。

"一起去喝一杯?"

"不了,谢谢您,今天还有工作。"

"行,那下次再约。"

充子见母亲和对方走出咖啡馆，立刻跟了出去。她开始跟踪那名"情报提供者"。那个女人似乎很在意时间，在此期间打了好几通电话，还换乘了好几班地铁。

充子全程没有跟丢。她有些得意，觉得自己以后能当侦探。

进入某酒店的大堂。

"抱歉，让两位久等了！"女人一脸殷勤地向一对男女打招呼道，"我们这就去找负责人吧。"

那对年轻男女走路的模样好像身上贴着"准新人"标签。

来到酒店前台，女人开口自我介绍道："我们找负责婚礼的小林。我叫玉木，是'喜宴沙龙'的咨询师玉木令子。"

充子一听，震惊得说不出话来。

7　卑鄙的人

"你怎么会改变主意？"

中原说。

"这个嘛……想变就变了呀。"堀田留美乖巧、安静地吃着法国大餐，莞尔一笑，"给你添麻烦了？"

"哪有。"中原干掉杯中红酒，"不喝了，太醉怕坏事。"

留美放下手里的刀叉："你不是为这个来的？"接着又问："要不改到下次？"

"那可不行。你不是也想要那个才主动给我打电话吗？"

"算是吧……多少有点儿。"

说实话，和留美交往以来，带她去酒店的次数不多。

中原如此积极相邀，实属罕见，难怪留美会觉得奇怪。

"知道了，好吧。"留美说，"但是……"

"什么？有什么想要的尽管说。"

"甜品，我可以点两份吗？"

"当然！三份四份都没问题。"中原笑着说道。

中原也有些意外。总觉得一直以来是他被留美牵着鼻子走，今天他决定当一回主人。

老子也可以这样。

没错。没必要在一棵树上吊死，老子也是很受欢迎的。

"你今天好像很不一样。"留美说。

"是吗？你不喜欢？"

"不会啊。我觉得很棒。"

"是吗？谢谢。"

中原很是得意，突然站起身凑到留美面前快速吻了她一下。

"会被人看见的。"留美满脸通红，心跳不已。

但那副模样绝对不是讨厌的意思。

中原在内心冷冷地看着这样的留美。

再怎么装出一副可爱样儿都没用，今天老子要让你大吃一惊，给我好好等着！

"我也来份甜品。"中原说。

"哇。"留美走进酒店房间，瞪大眼睛，"这个房间好棒。"

"因为今晚很特别。"中原说，"来吧，别浪费大好春光。"

被中原抱住的留美像被挠了痒痒似的笑着说："等一下，我先去冲个澡。"

"好吧。我等你，乖乖的。"

68

"我马上就好。"

留美说着走进浴室。

中原嘴角浮起笑意。

"你慢慢洗。"

如今这类酒店都很新潮，很不错。

特别是这家，据说很受年轻人欢迎。中原特地订了特别昂贵的房型。听到浴室里传出冲淋声，中原悄悄走到浴室门边打开一条细缝。浴帘的那一边，留美的身体隐约可见。

一瞬间，中原有一种冲动，想再次抱紧那个纤弱的身体。但对此刻的他而言，"另一种乐趣"的诱惑明显占据了上风。

"怎么了？"留美感觉到中原在窥视，隔着浴帘问道。

"没事，我来拿毛巾。"中原说，"你慢慢洗。"

中原悄悄地将留美脱下的衣服——包括内衣——全部抱起，然后走出浴室。

他用床单将留美的衣服包好，塞进她的书包，然后嘴里嘟哝着"再见了，留美"，离开房间。

走出酒店，中原快步离开酒店所在的街道，半路上拐去了公园，把留美的书包扔进公园的池塘。这下她该知道大人的厉害了。总是把大人当成傻子，是时候让她哭一哭了。

中原拦下出租车回到家中。

真是神清气爽。

想到留美着急无助的模样，中原忍不住笑起来。

"对了。"他拿出手机翻看通话记录。他以前曾经使坏，给留美的学校打过电话。

"就是这个。"

即使是在晚间，学校里也肯定有人值班。

拨号音响了一会儿。

"您好，这里是R女校。"接电话的是个男人。

"贵校的学生和一个中年男人进了K酒店。"

"您说什么？"

"房间号码是305。你们快去看看吧，趁还没闹出丑闻。"

"喂？喂？您是……"

"是K酒店，记住哦！"

中原挂断电话，觉得舒坦极了。

在自家门前下了出租车，他的心情变得沉重起来。

妻子和美回了娘家。

自己该找什么理由去求饶？

首先要去她娘家向她父母磕头谢罪……

其实中原早已习惯了道歉。

自尊什么的，早就被他抛到了九霄云外。

中原刚走进家门。

"你回来啦。"和美从里面走出来。

中原顿时呆若木鸡。

"你怎么……"

"对不起哦，我发的传真吓到你了吧？"

"你……不是回娘家了吗？"中原仍处于震惊状态。

"你快进屋呀。"

"哦……"

"我听说舅妈病危，就是住在我娘家附近的那位，"和美说，"接到消息后马上收拾了一下，赶到车站准备回去，却接到我妈打来的电话，说舅妈只是吃年糕噎着了，后来年糕取出来，舅妈完全没事了……真是瞎闹一场！你吃过晚饭了？"

"嗯……我以为你不在家。"

"吃了就好。当然，我想过打你的手机，但又觉得不是什么大事……你要泡澡吗？"

"嗯。"

"我去给你放水。"

独自留在客厅里的中原被莫名其妙的情况弄得完全迷糊了。

"留美……"

自己对她做了什么呀！

留美……

中原取出手机想打给留美。

不行。

留美的手机和书包现在都沉在公园的池底。

学校的老师正冲去K酒店。

房间里的留美……

中原抱住脑袋。

和美从浴室里探出头说道："水放得差不多了，马上可以入浴。你怎么了？"

"没事。"中原深吸一口气，重复道，"没事。"

在K酒店门口下车后，R女校值班教师佐佐木走进店内。

"是305房间吧？"

作为一名三十出头的单身男教师，他当然来过这儿附近的其他酒店。但这家K酒店实在太昂贵，他从没进来过。

"您好，请问……"前台叫住了他。

"我是高中教师。"佐佐木说道，"有人联系学校称我们的学生在这里。"

"您这样硬闯，我们很为难！"

佐佐木不顾劝阻，径直冲上三楼。

房间号码是305——如果刚才那通电话说的都是真的，房间里一定会有他认识的女学生。

佐佐木敲了敲房门。稍等片刻，又敲了敲。

门开了。

"什么事？"说话的是个年轻女人，怎么看都不像高中生。

"呃……这个……"佐佐木欲言又止，"有人说我们学校的学生在这里……"

"啊，佐佐木老师！"堀田留美走了出来。

"堀田！你……"佐佐木瞪大眼睛。

"您是她学校的老师？"

"对。"

"我叫片山晴美。"

另一头，下行的电梯门开，片山从电梯里走出来："怎么了？"

"哥，这位是R女校的老师。"

"您好，我是搜查一科的片山。"

"刑警？"

"对，谢谢你们学校的堀田帮了警方的大忙。"

"啊……"佐佐木一脸茫然。

"我们正在追捕的一名罪犯逃窜至这家酒店。"片山说，"他涉嫌嫖娼，还要求对方一定要穿高中校服。于是我们派了一名小个子女警，但苦于没有高中校服，于是我妹妹跑去街上找到这位堀田同学，请她协助我们的工作。"

"哦……"

"警方征用了这个房间，请堀田同学脱下校服并换上我们在附近买的毛衣和裙子。"晴美说道，"穿上校服的女警进入罪犯的房间后，趁其不备，与守在门外的警察一起将其拿下。"

"托这位堀田同学的福，我们成功抓获了罪犯。"片山说，"老师，您怎么会过来？"

佐佐木说出缘由。

"原来如此，一定是这里的房客碰巧认出R女校的校服，看见留美同学进了这里。"

"总算松了口气。"佐佐木点点头说道，"这孩子特别聪明，大家都爱找她帮忙。"

"真的帮了大忙。不过很抱歉，在抓捕罪犯的过程中，留美同学的校服被扯破了。我们会如数赔偿的……"

"书包也被甩飞了。"晴美说，"请您多多原谅。"

"没问题！堀田，你真了不起！"

"谢谢。"

"我们会把留美同学平安送回家的。"片山说。

"那就拜托了。堀田，新校服做好之前，你可以暂时穿自己的衣服来上学。"

"能不能让新校服一直没做好？"

"这可不行！"佐佐木笑了笑，"哟！"

"喵——"

他这才发现脚边有一只三色猫。

"那么我先告辞了。"

佐佐木离开后，晴美关上门问道："没事吧？"

"谢谢你们……"留美坐到床上。

"太过分了！"晴美坐在留美身边，手搭在她肩上，"还好你及时打电话给我。"

"难怪福尔摩斯刚才再三催促，原来预判了这一幕。"

"喵——"

"真不明白他为什么这么恨我。"留美有气无力地说道。

"你以前也和中原……"

"嗯，有时……"留美说，"但已经决定不再见面……"

"原来是这样……"

留美抽泣起来。

福尔摩斯轻轻地爬上她的膝盖，"喵——"地叫了一声。

"啊，对不起。"留美的泪水滴落在福尔摩斯的脸上。福尔摩斯打了个喷嚏。留美见状，破涕为笑。

"我们走吧。"片山说。

8　后悔

"我在上班。"中原不耐烦地说，"有话快说。"

片山看着面无表情的中原说道："我也不想和你废话。有件事要问你。"

"什么事？"

"堀田留美的校服和书包在哪里？是你扔的吧？"

中原仍面无表情，回答道："在公园的池塘里。"

"哪个公园？"

"K酒店附近，去车站的路上会经过的那座公园。"

"扔在池塘的哪里？"

"那个池塘很小……我记得是在写有注意事项的告示牌边上。"中原说道，"还有别的问题吗？"

"暂时就这些。"

"那么我回去上班了。"

片山在救助堀田之后的第二天来到中原任职的公司。

虽说两人是在一楼大堂里讲话，但进进出出的人并不少。很明显，中原不愿意驻足长谈。

没等片山说"好"，中原就迫不及待地准备离开。

"中原先生，"片山说道，"你没什么话要转告留美吗？"

中原停下脚步。"没有。"他背对片山，"如果要我赔偿校服和书包的费用，尽管开口。请寄给我收据，注明公司收。"

片山站起身说道："留美不会问你要那种钱。"

中原脸色煞白："留美……"

"她只希望你说出书包在哪里，还让我转告你，她以后不会再联系你，请你放心。"片山说道，"就这样，再见。"

片山走出大楼，留下中原一个人呆立在原地。

"中原科长……"听到马场香叫他，才回过神。

"什么事？"

"该开会了。我见您不在办公室，就来叫您。"马场香说道，"您没事吧？脸色好差……"

"嗯……感觉时间停止了。"中原点点头，"回办公室吧。"说着朝电梯方向走去。

"刚才那个人是刑警吧？"马场香在电梯里好奇地问道。

"嗯……"

"听说凶手还没抓到，真咽不下这口气。杀害启子的凶手至今逍遥法外。"

"确实。"

"科长，"马场香说道，"您没事吧？"

"嗯？哦，怎么了？"

"您……在流泪？"

被马场香这么一说，中原这才意识到不知何时自己的脸颊上已挂着泪痕。

"是那女人取消的！"男方的母亲拔高了嗓门叫嚷，"这下你该明白了吧？她根本不爱你，她只想耍你，看你的笑话。"

穿着燕尾服的儿子先是愣住，紧接着大喊一声"妈！"，扑到母亲怀里哭起来。

瞧这母亲一脸的得意样儿！拿着小型摄影机拍下全过程的市川安伃忍不住喃喃自语："这是母亲大获全胜的瞬间！"

玉木令子跑到这对母子的身边："植田夫人，真对不起！"她低下头，"都怪我能力不足……居然让这种事发生了。"说着跪在地毯上摆出谢罪的姿势。

有必要做戏到这种程度吗？

连安伃都深感佩服。

谁都不会想到，玉木令子都预料到了。

"别这样。你快起来，受不起。"母亲叫令子起来，"又不是你的错，你已经很好了……"

"哪里。"

"这事儿也给你添麻烦了，我们不会忘记你的好。等以后真有了配得上我儿子的好姑娘，我们再来找你办婚礼。"

"植田夫人……"令子掏出手帕抹眼泪。

"演技真好。"安伎苦笑道。

"妈……我再也不想结婚了！"儿子边哭边叫。

"别这么说，这个世界上又不是只有那一个女人。我们回家。"

"后面的事交给我吧。我会向到场的宾客们赔不是。"

"拜托了。我们走吧……"母亲温柔地拍了拍儿子肩膀。

玉木令子目送这对母子乘坐的汽车离开，回到酒店大堂。

"干得漂亮！"安伎夸赞道。

"不是我，是那位母亲。"令子说道，"您都拍下来了？"

"一个镜头没漏。"安伎点点头，"新娘呢？"

"还没来。那对母子到得早，估计女方待会儿会情绪失控。"

"你接下来也一直待在这里？"

"本来是这个打算……"令子看看手表，"但我过会儿得赶去参加一场葬礼。"

"哟，不过你这身衣服……"

反正是一身黑色礼服，红事白事都适合。

"前阵子那桩纸偶新娘杀人案的遇害者是我的客人。"

"你要去参加她的葬礼？"

"嗯，真是心情沉重啊。"

安伎立刻提议道："带我去吧，行吗？"

"您也要去？……那还得准备个白包。"

"路上买个白信封就行。"安伎也是一身黑色西装，"我这身打扮去葬礼没问题的，是吧？"

"好吧。"令子苦笑道，"真服了您。"

"彼此彼此。"安伎接住话茬。

没有什么比冰冷的雨水更适合眼前这番光景了。

遗体告别式上，气氛凝重。

几乎没有人开口说话。

下了出租车，市川安伎和玉木令子共撑一把伞，疾步来到负责接待的帐篷下。

前来吊唁的人并不多。负责接待的男士搓着双手哈着白气。

安伎和令子在登记簿上写下名字，快步进入小小的会场。

"死者是什么人？"

"是准新娘，名叫须贝弥生，生前和父亲相依为命。"

这是个小型集会场所，所谓的祭坛看起来一点儿都不气派。

"就连这个排场，据说还是由电视台出钱资助的，条件是遗属允许媒体进行采访。"令子说道，"要不然，估计连葬礼都办不成……"

零零落落的几排椅子上，几乎没什么吊唁者。

"须贝……"安伎喃喃自语。

她看着正面悬挂的遗像，照片里的女孩笑得温柔恬静。

"您也去为她上炷香吧……"令子提醒道。

"哦，好。"安伎回过神来。

"咦，有只猫……"

一只三色猫坐在一把椅子上，是个像模像样的列席者。

"那只猫……"安伎嘟哝道。

"哟，市川安伎女士！"

听到有人唤自己的名字，安伎转过头。

"你……是那位刑警的……"

"我是片山晴美。我哥也在那边。"

"哦，你哥负责这个案子？"

"他放心不下，过来看看。"晴美说道，"您怎么会来？"

"呃，嗯，有点儿事……"安伎含糊其辞。

玉木令子上完香，朝孤零零坐在一边的弥生父亲走去。

这位老父亲似乎完全不认识她是谁，只是机械式地点头。

安伎上完香，缓缓地朝弥生父亲看去，接着走到他跟前，叫了声："须贝先生。"

"啊，谢谢您特地赶来……"

须贝浩吉好像复读机，见谁都只会说这些话。

"须贝先生，您抬头看看我。"

须贝缓缓地抬起头。

"您还认得我吗？"

"啊……您是？"满头白发的老父亲歪着脑袋，不明所以。

"是我，市川安伎。"

这个名字唤醒了须贝浩吉像空了个洞似的内心，那里的深处有一份遥远的念想。

"安伎？"

"是我，您还记得吗？"

一阵漫长的沉默。

突然，须贝的脸上好似恢复血色，站起身瞪大眼睛说道："安伎！是你！"他用力地抓住安伎的肩膀大叫道，"都怪你！是你毁掉了我的一切！"

"须贝先生……"

"自从你出了那本书，我妻子就重病不起，我被迫辞去社长的职务……一切都失去了！”

"您冷静一点儿，那些和我有什么关系？"安伎反驳道，"我只是写出了事实！"

"你把我当成了踏板！你倒是成了名人，我却失去了妻子。只有我知道这些年来我和弥生两个人过得有多辛苦！"

咆哮着的须贝突然两眼一黑，双腿一软，瘫倒在地。

"须贝先生！"玉木令子跑过来。

片山问道："需要叫救护车吗？"

"嗯。"晴美也赶来，"他已经昏过去了。"

"充子？"片山突然叫了一声。

安伎震惊地回头一看。

充子正站在集会场所的门口。

"你怎么会来这里？"

充子走进场馆："妈, 他是……"她问道，"难道就是他？"

安伎叹了口气说道："是, 这位须贝先生是你的亲生父亲。"

9 疑惑的去向

"真叫人发愁啊。"

栗原唉声叹气。

"唉。"片山也唉声叹气。

石津见领导们都如此，自己如果不同步似乎不妥，于是跟着唉声叹气。

"喵——"福尔摩斯的这一声是不是叹气还真不好说。

"两个被杀，一个受伤，"栗原说道，"却完全没有共通之处。"

"的确很奇怪。"晴美一边端茶出来一边说道，"会不会无论是谁都无所谓？只要是快要结婚的女性就行？"

"如果是这样，草刈圆的情况就有点儿突兀了。"片山说道。

栗原科长来到片山的公寓召开搜查会议。

"是啊。浅井启子和须贝弥生都是普通的白领女性，而且都是在本人落单的时候遇害的。但草刈圆不同，她是先被人放了个纸偶新娘，而且被砍的是她的未婚夫。"

"这未免有点儿巧……"

"如果凶手要杀的是草刈圆，应该挑个更好的时机。"

"的确。当天那种情况下，她身边肯定一直有人。"

"难道作案的是不同的凶手？"栗原说道。

"看样子得去好好查一下，毕竟那个纸偶新娘是一模一样的。"片山说道。

"说起来，这案子真的好残忍。"晴美感慨道，"两个人生前都满心期待着婚礼。"

"也许是某个女人见不得别人拥有这种幸福。"栗原说，"这世上总有些人觉得只有自己是不幸的，觉得是自己一个人承受了世上所有的不幸，而其他人看起来都很幸福。"

"无法祝福他人幸福真的太可怜了。是吧，福尔摩斯？"

"喵——"

"福尔摩斯真好，不用存款，也不必担心养老金。"

福尔摩斯似乎对片山的这句话很不悦，伸出前爪去抓片山。

"哎哟，疼……你干什么？"

"福尔摩斯在说'猫也有猫的烦恼'，对吧？"

"喵——"福尔摩斯叫了一声，似乎在说"是的"。

"我们去找草刈圆聊聊。"片山说道，"听说很难找到她。"

"大明星很忙的。"

"你们去找她好好问一下当天的情况。另外……"

"科长，您还有别的吩咐？"

"有，"栗原说道，"顺便帮我要张签名。"

"要我去？"草刈圆的经纪人谷本说道，"我联系不上她。"

"你是她的经纪人吧？"片山打电话到草刈圆的事务所。

"我没法联系到她，但我知道她在哪里。"

"啊？"

"她最近整天守着那个受伤的手冢。拜他所赐，草刈圆把工作都取消了。我这边已经闲得发慌了。"

即使隔着电话，片山似乎也能看到谷本的苦瓜脸。

"她在医院？"

"是的。"

片山记下医院的名称和地址。

"谢谢。"他打算挂断电话。

"刑警先生！"谷本说道，"您见到草刈圆，麻烦带个话，她要是继续取消工作，没几周就会过气了。"

听起来很沮丧。

片山来到医院寻找"特别病房楼"。

在这里住院的都是所谓贵宾, 非富即贵, 一般人住不进来。

片山直接和草刈圆通了电话才被放行。

晴美和福尔摩斯顺便与他同行。

"您是片山先生?"

病房前站着一名看起来有些眼熟的女性。

"我是。请问草刈圆女士在里面吗?"

晴美赶紧提醒片山: "这不就是她嘛!"

"啊……失敬!"

"没关系。" 草刈圆笑着说道, "我穿得像个保姆吧? 但是我乐在其中呢。"

"您又多了一个能挑战的角色。" 晴美说道。

"您要问我什么事?"

病房里有一个类似会客室的空间。

"抱歉, 我只能趴着。" 病床上的手冢说道。

"总之, 与另外两起案件相比, 您的这个案子有点儿蹊跷。" 片山大致说明来意, 又说: "相同的只有纸偶新娘, 但那个纸偶为什么会出现在您的休息室里? 您完全没有头绪吗?"

"嗯, 真的是一头雾水……" 草刈圆歪着脑袋说道, "那间休息室我是从早借到晚的, 应该不会有别人进去。"

"但门没上锁吧?" 晴美说道, "有人想进还是能进的。"

"这倒是……"草刈圆耸耸肩，"我自己真的不管那些小事，平时都是别人帮我打理的。"

片山猜到会是这样。

病床上的手冢突然开口："负责打扫的工作人员……"

"嗯？"

"我们去记者招待会的那段时间里有人进去打扫过。"

"你怎么知道？"草刈圆一脸吃惊，"你那时又不在休息室。"

"但我回去后坐在沙发上时，发现之前掉在地板上的线头不见了，所以我觉得有人进去打扫过。"

"你真仔细啊！"片山记下笔记，"这条线索很有价值。我们可以去问一下那个打扫的人是否见过那个纸偶，以及是否见过其他人进入休息室。"

"他很聪明，是吧？"草刈圆一脸得意，像是在炫耀。

来到走廊上，草刈圆告诉片山："这事儿一般人都不知道，我们要结婚什么的，都是假的。"

"假的？"

"其实我正和一个有家室的艺人交往，在等对方办妥离婚手续。在那之前，为了掩人耳目，故意放消息说我要和手冢结婚。"

"那手冢先生也……"

"他当然知道。不过，现在我开始觉得手冢反而更像个男人，他真的很优秀。"

"我明白。"晴美说道。

一名护士从片山等人身旁经过，正要进入病房。

福尔摩斯突然尖叫着跳到护士的鞋子上。

"假护士!"片山一把推开草刈圆，同时扑向那名护士。

"混蛋!"

居然是个男人!

穿着护士服的中年男人在走廊里狂奔。

"石津，你的本事挺大嘛，居然进来了。"晴美说道。

"嘿嘿……"石津挠挠头。

"你怎么混进来的? 这栋楼不能随便进来的。"片山说道。

"我不是随便进来的……"

"那你是怎么进来的?"

"我在走廊里转弯的时候迷失了方向。我跟前台说你们应该在里面，她们就让我去保安室。"

"然后呢?"

"我觉得自己是按照她们的指示走的，但刚才也说了，我转弯的时候迷失了方向，结果走到一扇标有'此路不通'的门前。我当时想，该怎么办呢……"石津欲言又止，"于是我试着稍微用力摇了摇那扇门，没想到一下子打开了。穿过那扇门，直接来到这条走廊，然后看到一名护士朝我跑来，同时听到片山前辈在喊'抓住他！'，于是我伸腿挡了一下。"

"你小子……把人家的门弄坏了？"片山惊得差点儿结巴，"科长又该唉声叹气了。要赔钱的！"

"但我这不是抓住坏人了嘛！"

"嗯……但还不确定他是不是砍伤手冢的罪犯。"

很明显，此人假扮护士，企图进入手冢的病房，图谋不轨。

然而现在还没法问话，由于挨了石津一拳，此人尚未醒来。

"我是草刈的经纪人谷本。"一个男人喘着粗气从走廊的一端跑过来，"您就是片山先生吧？"

"是我。"

"真的太感谢了。我接到消息，马上赶来了。"

"草刈圆女士说她不认识这个男人。能请您确认一下吗？"

"哦……"谷本有些不安地问道，"他会不会扑过来打我？"

"昏过去了，还没醒。"

"那我就见一下。"谷本跟在片山身后。

男人躺在空病床上，边上有附近警署赶来的警察看守着。

"还没醒。"

"石津那一拳够重的。"片山摇摇头，"谷本先生，您看看，就是他。"

谷本朝穿着护士服的男人看了一眼："草刈圆说不认识他？"

"对。您认识？"

"当然，这是她前夫江田。"

"前夫？"

"这可是秘密。对外我们一直说她是单身，其实她二十岁刚出头时结过婚，但只维持了半年左右——就是和这个男人。"

"那是很久以前的事了吧……"

"但最近这个人常来事务所找草刈圆讨要零花钱，否则我也不会知道他。"

原来如此，这么说来，一切都能讲通了。

片山把谷本带去手冢的病房。

"哟，你来了。"

草刈圆正在给手冢喂饭。

"草刈圆女士，您可以照顾病人，但也请好好工作。大家都在发愁呢。"谷本一脸苦相地恳求道。

"哎，这可是救了我性命的未婚夫，我照顾他有错吗？"

"没错，说法很好，但是您拍戏、工作，事关大家的生计。"

"我一点儿都不在乎。"

"您已经照顾我很多天了，真的可以了。还是回去工作吧。"手冢说道，"您不赚钱的话，我都没工钱拿了。"

"这倒是。"没想到草刈圆答应得很爽快，"明天开工。"

"太好了！"谷本抚了抚胸口，"对了，刚才试图闯进来、被警察撂倒的那个人是江田吧？"

"哦，是吗？"草刈圆眨着大眼睛，"好久没见，我都忘了他长什么样儿了。"

片山觉得她演得简直像真的一样。

大明星果然与众不同啊……

"片山先生！"护士叫道。

"在。"

"护士台有找您的电话，是一位叫栗原的先生打来的。"

科长？干什么？

片山隐隐有一种不祥的预感。

10　幸福的预感

"咦？"

晴美觉得眼前的一幕很古怪。

"是我们科长。"片山希望是自己认错人或产生幻觉。

那两个人正朝首饰店的橱窗张望着。

男人肯定是栗原警视，他身旁的可爱女人顶多二十四五岁，正挽着栗原的手臂有说有笑。

"那个女人是……"

"没听说科长有女儿。"

"怎么看都不像是女儿。"

"那么是……"

片山和晴美面面相觑。

"难道是……"

栗原有情人？

"难道他要找我们商量离婚的事？"

"别说不吉利的话。即便那样，找我们有什么用？"

"我怎么知道？"

他们还在草刈圆那里时接到了栗原的电话，说"今晚想见个面"。片山、晴美和福尔摩斯比约定的时间提前很多就到了。栗原在电话里说"约在哪里都行"，于是他们决定去那家蛋糕店。时间尚早，他们就在附近闲逛着。

没想到居然撞见栗原和一个年轻姑娘在一起。

"我们先进店吧。"晴美说道，"趁他们还没发现我们。"

"好。"

片山一行走进满是年轻女孩、欢声笑语的蛋糕店。

"欢迎光临！"长田幸子一见是片山他们来了，立刻高兴地打招呼，"两位？"

"喵——"

"啊，失礼了。"她笑着说道，"里面请。不用管摆在桌上的'预定席'牌子。"

"谢谢……待会儿还有一位……也许是两位。"晴美说着，坐上靠里间的四人座。

两人点了饮料，等待栗原。

长田幸子忙着为店里的白领女性或女学生端饮料、送蛋糕。

"看她这副忙碌的样子，真舒服。"晴美说道，"也许是因为她看上去工作得很愉快。"

"刑警的工作可没法干得很愉快。是吧，福尔摩斯？"

"喵——"福尔摩斯同情地叫了一声。

"希望栗原科长工作之余只是热衷画画,那样给周围的人添的麻烦就只有一点点了。"

当然,作为下属,是一定要为栗原科长的个人画展捧场的。

虽然有些人会抱怨"明明大家都已经很忙了",但片山明白,干到栗原那个位置的人一定背负着很大压力,确实需要以某种方式来"透口气"。

当然,栗原本人一点儿都不觉得画画是用来"透口气"的业余爱好,总是坚称"这才是我的天职"。

"他说过年末要办画展吧?"

"要是整个画展摆满那个女孩的肖像画,不知是什么样?"

"你别吓我。估计刚画了一张,那女孩就会叫停。"

"啊,是吗?"

这段对话当然不能被栗原听到。

"来了。"晴美说道。

栗原和年轻女人手挽手走进店里,看见了片山兄妹,还朝他们挥手:"呀,抱歉,突然把你们叫出来。"

"没关系……"

四人落座后,占满了位子,福尔摩斯只能趴在晴美的膝盖上——它的分量很沉,晴美的腿开始发麻了。

"我知道这家店！"年轻女人兴奋地说道，"蛋糕很好吃！"

"谢谢您。"长田幸子笑着说，"请一定要尝尝哦。"

"我要点蛋糕。大舅，你也吃吧？"

"嗯，是啊，偶尔尝尝也不错。"

"我去拿样品过来给诸位挑选。"幸子说着暂时离开。

"科长，您找我们有什么事？"片山问道。

"说正事之前先介绍一下边上这位美女吧。"晴美插嘴说。

"嗯，这位是矢川清美，是我画画的模特。"栗原喜笑颜开地说道，"我这次的画展画的全是她。"

"这么……厉害？"

"你们先作好心理准备，这次画展一进门就是她的人体画！"

"大舅！"清美笑着说道，"你画的那种，谁能认出是我？"

"你这张嘴真不饶人。"栗原苦笑道，"她是我妹妹的女儿，是我的外甥女。"

"哦……"片山和晴美不约而同地松了口气。

"原来真的是大舅啊。"晴美故意加重语调。

"哎呦，你们不会以为是那种……吧？居然被误会成那种人，大舅，你该反省哦。"矢川清美笑着说道。

"这下我就放心了。"片山说道，"您找我们有什么事？"

幸子端着蛋糕样品走过来："诸位，请挑选蛋糕。"

"我要选三块！胖也无所谓！"矢川清美端正坐姿，准备大快朵颐。

"您要结婚了？"晴美一边吃蛋糕一边说道，"恭喜啊！"

"她才二十三岁。我觉得还早，但她说'想结婚'。"

"莫非男方比你年纪小？"

"是啊，他才二十一岁。"

"啊？"

"对方还在读大学。"栗原摇摇头，"这年头，女孩都不靠男人养家了。"

"我自己有工作，他还有一年就毕业了，但我们不想辛苦等下去，想尽早开始共同生活。"清美轻描淡写地说道。

"她一直是福尔摩斯的忠实粉丝。"

"今日能见到，真是幸会！"清美说着，俯身凑近晴美膝上的福尔摩斯，抓起它的前爪与它握手。

"她一定要让福尔摩斯做证婚人。"

"证婚人？"

晴美想象着福尔摩斯穿上黑留袖和服①坐在新娘新郎

---

① 日本已婚女性穿的高级礼服，多用于出席婚礼等隆重场合。

身边的模样……"一般情况下，没有人会请猫咪做证婚人吧？"她说，"那样不行吧？"虽然对方听起来不像是开玩笑，"况且福尔摩斯还是单身呢！"

"我想过了，如果请不动福尔摩斯，我可以退而求其次，请猫主人也行。"

晴美吃惊不已："证婚人一般都是由已婚人士担任吧？"

"大部分宾客并不认识你们兄妹，而且你俩的姓氏一样，说是夫妇也可以的。"

"这也太乱来了！"片山着急地请求道，"科长，您一定能找到更合适的人选……"

"我也这么劝过她，可她完全不听呀。不过，虽说是证婚人，其实并没有要求必须是结过婚之类的，只需要在婚礼当天像个摆设那样坐着就行。"

"但是……"

"拜托……"清美低头恳求道，"求你们了！"

"啊，头发碰到了奶油……"

清美低头太过，头发碰到了吃剩的蛋糕。

"啊呀，这样一来，头发会营养过剩的。我去洗一下。"清美说着，急匆匆走去店内的洗手间。

"好活泼的姑娘。"晴美说道，"真的要我们当证婚人？"

"她一定要找你们。"

这种时候，片山的脑子变得特别灵光："科长，这一定是她答应做您的模特时提出的交换条件吧？"

"片山，你能不能把如此精准的直觉用在抓捕工作上？"

"您别岔开话题。"

"算你猜得八九不离十。"

"这可不是闹着玩儿的。"

"婚礼定在十二月初。拜托啦。"

"哥，我有个法子。"晴美说道。

"什么？"

"我和石津先结为夫妇，然后就能做证婚人了。"

片山一时语塞，过了好一会儿，才吞吞吐吐道："与其那样……这次是特例哦，我和晴美为您的外甥女做证婚人。"

"是吗？谢谢啦！"栗原握住片山的手。

清美回到座位上。

"沾上奶油的头发显得特别有光泽，以后我要发明'奶油洗发方式'。"

"清美，他们答应了。"

"真的？太好了！谢谢！"

"快别低头了，不然又要沾到奶油了。"晴美赶紧劝道，"是不是该见一下你未来的先生？"

"嗯，也约在这家店吧。"

"边吃蛋糕边聊婚事？"

"他最喜欢吃蛋糕了，迄今为止的最高纪录是在酒店自助餐吃掉了二十三块蛋糕。"

片山听了，觉得自己的胃都胀起来了。

"不过，"栗原吃着最后一块蛋糕，说道，"凶手也许会盯上我们清美。"

"凶手？纸偶新娘谋杀案的那个？"

"她是搜查一科科长的外甥女，对凶手而言是极佳猎物。"

"您说这些，会吓到清美的。"

"不会。"清美摇摇头，"我对大舅说了，我不怕危险，只要能帮上忙。"

"可是……"

"我会把结婚的消息发布在网上——搜查一科科长的外甥女即将举办婚礼，证婚人是负责纸偶新娘谋杀案的刑警。这个话题一定会登上热门。"

"万一真的把凶手招来了可怎么办？"

"我向她保证过，一定会保护好她。"栗原说道。

"我相信大舅。"清美笑着说道，"就算被杀，也毫无怨言——真的被杀就说不出话了嘛。"

片山兄妹深感这次的证婚人不好当。

二人再次面面相觑……

11 医院访客

"啊……喂？是我，充子。"充子一边讲电话一边朝嘴里塞汉堡，"嗯，正在外面。"

"你没生病？"充子的同学说道，"故意逃学？果然！"

"什么果然？"

"电视台综艺节目的人一直守在校门口等你。"

"是吗？他们可真有空。不过无所谓，要是连这种小场面都怕，怎么做市川安伎的女儿？"

"不愧是市川充子。"同学笑着说道，"老师们也都干劲十足，发誓说只要他们敢迈进校园一步就马上报警。"

"真有趣。要不，我过去看看热闹？"

"他们来学校就是想采访你。"

"我知道，刚才是开玩笑。"充子笑着说道。

"啊，午休快结束了。充子，晚上再聊哦。"

"嗯，好。晚上我打给你。两三天后我再去学校。"

"要是明天记者们没来，我会通知你哦。"

"嗯，拜托了。也请转告大家说我很好。"

"明白。再见。"

"再见。"

充子挂断手机，眺望着窗外一栋平平无奇的白色建筑物。

她看了看手表，已是下午一点钟。

差不多该离开了。

医院周围并没有前来采访的记者模样的人。

充子的父亲须贝浩吉就在这家医院住院。

在遇害者弥生的葬礼上，须贝被充子的母亲安伎激怒，情绪失控，当场昏倒。安伎通过个人关系，安排他住进这家她经常前来看病的综合医院。

然而，因为冲突发生在纸偶新娘谋杀案遇害者的葬礼上，当时有不少电视台和报纸的记者在场，目睹了须贝与安伎的争执。媒体当然想好了"剧本"——因市川安伎而失去一切的那个男人的悲情故事。安伎也因此成为媒体——准确地说，是电视台综艺节目——追踪报道的对象。

充子作为安伎与须贝的女儿，自然难逃被镜头围堵的命运。她这两天都没去上学。

走出汉堡店，充子来到前往医院的路上。

她今天也穿着水手服款式的校服，拎着书包，出门前对家里的保姆说自己去上学。接着，她故意压低声音，模仿母亲的语气打电话给学校说"我女儿今天身体不舒服"。

走进医院,充子感到一阵莫名的心慌——她偷看过母亲的笔记,知道须贝的病房号码。

"医院这种地方真叫人心神不定。"充子以前来看望因疲劳过度而住院的母亲时曾这么说过。

当时安伙正坐在病床上赶稿子:"周刊的专栏,一次都不能开天窗。"她听了充子的话笑了,说:"没人会喜欢医院。"

但事实并非如此。充子觉得心神不定,并非因为"医院是令人生厌、想快点儿离开的地方",相反,是因为她意识到"没有比医院更适合我的地方"。

"就是这里。"充子停下脚步。

在病房门口确认患者的名字——故意写成了与须贝浩吉读音相似的菅井幸吉。

门上挂着"谢绝访客"的牌子。

充子见识过母亲明明活蹦乱跳却总喜欢挂出"谢绝访客"的挡箭牌,知道这种牌子不可信。

"打扰了……"她轻轻打开门朝里看。

这是单人间。充子觉得,费用肯定是母亲支付的。

窗帘拉上了,房间内的光线比较昏暗。病床上躺着的须贝闭上双眼,看起来比晕倒那天又苍老了不少。

充子悄悄地走到他跟前，仔细端详着。

这个人是我的父亲。

一直跟着母亲过日子的充子曾经觉得有没有父亲都无所谓。但此刻看到父亲近在眼前，心中难免涌起感慨。

然而这并非全是父女之间的亲情使然。

如果须贝当下身体健康，与充子严肃地开启父女对话，充子估计会夺门而逃。

充子心中涌起的是来自第三方视角的感慨——她看到此时的须贝虚弱地躺在病床上，作为父亲已经无能为力了。

突然，须贝睁开眼睛。

充子一惊，后退一步。

须贝直勾勾地盯着天花板，对自己的现状一脸不可思议。他缓缓转过头，视线与充子交会。

他先是有些疑惑地皱了皱眉，接着松了口气。

"你来了……"

"嗯……"

充子有些困惑。她与须贝从未以父女的身份见过面，当母亲告诉她这就是她的父亲时，须贝已经昏倒在地。

然而须贝竟然对她说"你来了"，这让充子很是错愕。

"我……怎么会在这里？"须贝说，"这里是医院？"

充子迟疑片刻，点头说道："嗯，你心脏病发作，昏倒了。"

"是吗？害你担心了吧？"须贝沉重地叹了口气。

"你现在难受吗？"充子问道。

"不……还行。不过浑身无力，手都举不起来。"

"你要好好休息。"

"嗯……这是单人间吧？一定很贵吧？怎么让我住这里！"

充子感到很奇怪，他怎么首先担心费用问题？

不过，一旦知道是母亲出钱，他一定会更介意吧？

"不用担心这个。"

"一直不去上班，会被开除的。有没有人打电话找我？"

"已经告诉公司你要休息一阵子。你别担心了。"

"但是……世道不景气，工作可不好找啊。没有老板愿意养病人，怎么能休息呢？我得去上班……"须贝说着，想坐起身。

"不行！你得躺着。"

充子不假思索地冲到床边想让须贝躺下，但其实没这个必要——须贝还没坐起来，又虚弱地倒下了。

"看样子要好一阵子不能去工作了。"须贝叹了口气，"弥生啊，你怎么还不去上学呢？"

充子一时不知该如何作答。

这个人把我当成了他那个已经遇害的女儿！

"呃……"

"我刚才做了个梦，梦里的你已经大学毕业，成了职场白领……"须贝笑着说道，"可你明明还是个高中生。"

充子不知该回答什么，即便说出事实，他能听懂吗？

"你今天不用去上学？"

"嗯，今天只有半天的课。"充子说。

"是吗？你别太辛苦了。我没事，人嘛，终有一死。"

"快别这么说……好好躺着，不会有事的。"

"啊……真的好奇怪，我应该睡了很久，怎么还是这么困？脑袋昏沉沉的。"

"睡吧。我……会再来的。"充子脱口而出。

"你有空的时候来就行了。你正当好年华，和男朋友出去约会肯定比来看望病人更开心。"

充子很吃惊。逞强的须贝嘴上虽然这么说，言语间却明显流露出"希望你再来看我"的期待。

与其说是同情，充子更感觉心痛。她真想立刻逃出病房。

虽说是自己的父亲，但他从未与自己共同生活过，也从未养育过自己。她没有来医院看他的义务。

"弥生啊，"须贝说，"你不用担心我。你自己要好好吃饭，当心身体。"

"没事，我又不是小孩子。"

"是吗？也对，你已经是大人了。"

须贝说着，吃力地伸出手，看起来非常费劲。

充子很是犹豫。对方误会了，可以随他去；但他想握手，就得肌肤接触，她对此还是有抵触情绪的。

"要再来哦。"须贝的手好似风中颤动的残枝。

充子无法拒绝。

她握住须贝的手，有生以来第一次叫了声："爸……"

离开医院，充子朝地铁站走去，在亮起红灯的路口停下。

突然，她看到一辆进口豪华车非常显眼地停在医院门口。

会是谁？她不由得看过去。

车门打开，走下车的竟是……

"妈！"

充子的母亲市川安伎身穿一身浅色套装，戴着墨镜，从头到脚都特别惹眼，大步流星地走向医院。

紧接着，停在路边的好几辆汽车里突然冲出一大群电视台和杂志社的记者。

"安伎女士！"

"请留步！"

充子瞪大了眼睛，呆呆地看着这副场面。

"你们这样可不行哦。等一下嘛！不行！别这样！"

安伎在医院门口张开双臂大幅挥动。

然而……

"您说几句话吧……"

当记者将话筒递到她嘴边时，她却立刻爽快地答应："那我就简单说几句哦——咱们可不能给医院添麻烦，对吧？"

"须贝先生住在这家医院吗？"

"你们不是已经知道了嘛！不过，谢绝探望哦。一方面是因为不可以去见，另一方面是因为他现在还不能说话。"安伎说道，"医学方面的详细情况，我其实不是很了解。"

"须贝先生说，都怪您的那本书使他身败名裂，一生毁了。"

"他晕倒之前确实这么说了。"

"您怎么看？您会心痛吗？"一名记者问道。

"比起心，我现在痛的是腰哦。"安伎开起了玩笑，"言归正传，我在书里写的都是事实。大部分的出轨男人都会遭报应，这很正常。他早该有所觉悟。"

"您觉得自己没有责任？"

"我觉得没必要这么想，但是……"安伎回头看向医院，"他在这儿的医药费全是我出的，这一点，你们可别忘了哦。"

"他会长期住院吗？"

"不好说……毕竟年纪大了，没那么容易出院。"安伎说，"今天就到这儿吧，我接下来还有工作，不能在此久留。"

听到这里，媒体们纷纷准备撤离。

"安伎女士，什么时候能再次采访您？"有记者问道。

记者们散去之后，充子以为安伎会走进医院，没想到她转身径直走回停车处。

司机赶紧下车为她开门——就在这时，安伎看到了充子。"充子？你在这儿干什么！"她疾步走向充子，"怎么没去上学？"

"逃课了。"

"啊？哦……算了，偶尔一次，不跟你计较。"安伎拍拍充子的肩膀，"先上车，我去和出版社的人吃晚饭。你呢？"

"我随便吃点儿就行。"

"但是……不如这样吧，我去N酒店吃日料，你呢，就去那家酒店的餐厅吃点儿。吃完了我去接你，一起回家。"

"嗯……"充子被催促着上了车。

"妈，你不是来看望病人的？"

"看谁？那个人？当然不是！我都已经出钱让他住单人间了，别的我可做不了。"

"那你为什么来医院？"

"综艺节目的编导说想在医院门口采访我，来这里完全是借用一下拍摄场地。"

"所以刚才那些人事先都知道？"

"是啊，当然，这是互相关照嘛。我这阵子出镜的机会有所减少，托这次意外的福，那本书又开始好卖了——我决定赶快推出精装本，得炒炒话题嘛！"

充子听得目瞪口呆。

"你是来看望那个人的？进病房了？"安伃问道。

充子一时间犹豫了一下，回答道："没有。"她摇摇头，"我只是来看看是住在什么样的医院。"

"是吗？你可不能去看望他，据说他的意识还没恢复。"安伃打了个哈欠，"好困，我先睡一会儿。昨晚上了深夜的直播节目，严重缺乏睡眠。到了N酒店，你再叫醒我。"

不一会儿工夫，安伃已经熟睡。

充子望着窗外，喃喃地叫了声："爸……"

12　复数的幸福

"就是他们！"

话音刚落，只见七八个女高中生朝自己这边飞奔。

片山回头问道："附近有明星偶像？"

"她们是朝我们这边来的吧？"晴美说，"怎么回事？"

没等片山回答，女生们已经将两个人团团围住。

"太好了！"

"请给我签个名！"

"请和我握个手！"

"请把幸福分给我一点儿！"

女生们欢呼雀跃，又是握手又是要签名，还挤着抢合影，忙得不亦乐乎……但对象并非片山兄妹。她们团团围住的是栗原科长的外甥女矢川清美及其未婚夫有田拓士。

"你们什么时候举行婚礼？"其中一个少女问道。

"十二月五日。你连这个都不知道？"一个矮个儿少女不屑地嘲讽道。

"请大家祝福我们。"矢川清美乐呵呵地对女生们说。

"当然！"

"大家一起发电子邮件祝贺吧！"

"那么全国将会有一百万封电子邮件！"

"发吧！叫上大家一起！"

片山和晴美看得目瞪口呆，那些人却越发来劲。

"等一下，等一下……"清美说道，"谢谢大家的好意，但我们不能给其他人添麻烦。与其发给我上百万封电子邮件，不如大家合起来送张贺卡。"

"她说的没错。"有田拓士搂着清美的肩膀说道，"每个人在心里祝福我们就行了。"

少女们纷纷表示认同，更加热烈地要求握手、合影。

这里是行人众多的地下通道。不一会儿又聚过来很多少女。

"哎，那位大叔是谁？"有人提出疑问。

"是清美小姐的父亲吗？"

"她父亲没这么年轻吧？"

"虽然看上去挺年轻，但应该已经有点儿岁数了吧？"

过了半晌，片山才意识到她们谈论的是自己……

"大家好，这是我的证婚人片山夫妇。"清美介绍道。

"啊？"不知为何，大家竟然齐声惊叹。

"一起合影吧！"这回，众人又将片山兄妹团团围住。

"一、二、三……茄子——"听到她们拍照时仍在采用这句老式的口令，片山稍稍松了口气。

四个人终于从女孩堆里脱身，片山摇摇头，不可思议地问道："她们是怎么知道你们的？"

"哥，你还不知道？他俩在网上红了，几十万人见过他们的照片。能在街上看到当事人出现，那些女孩当然高兴坏了。"

片山完全不懂"在网上红了"是怎么回事。哪怕是最新款的手机，对他而言也只是通话用的工具。至于电子邮件，他还曾向科室里的年轻女同事打听那是什么，结果被当成了傻瓜。

"总之，你们成了名人，这是好事，但婚礼当天不会真的拥入几十万人吧？"片山说。

"笃笃笃——"伴随着一阵匆忙的脚步声，刚才人群里的一个女孩跑回来。

"片山先生！"

"怎么了？"

"这是我的手机号码和邮箱地址。"说着，她把一张纸条塞进片山手里，"记得联系我哦！"说完转身就跑。

"啊？什么意思？"片山看着纸条，"什么邮箱地址？是她家的住址吗？"

"是电子邮箱的地址。"晴美拿过纸条说道，"还有留言呢，'我也想找个好郎君'……"

"真会找机会。"清美笑着调侃。

"刚才你跟她们介绍说我俩是证婚人，她一定误以为是我们介绍你俩认识的。"

晴美把纸条交给片山："你要不打个电话给人家？说不定她愿意当你的女朋友哦。"

"别胡说！"片山气不打一处来，"我不是中原那种人。"

"对了，那个叫堀田留美的女孩最近怎么样？"

"嗯……很多事，我们有心无力。"片山耸耸肩。

今天是矢川清美向证婚人"片山夫妇"介绍未婚夫的日子，大家约在蛋糕店见了面。

二十一岁、还在读大学的有田拓士是个有礼貌的年轻人。

"那么，婚礼当天就拜托两位了。"

在地铁口道别后，片山兄妹来到站台上。

"他给人的印象挺好。"晴美点评道。

"是吗？还行吧！"片山至今无法完全接受要和妹妹假扮成夫妇去当证婚人这个差事。

"你就假装自己是主持人得了。"晴美倒是乐在其中，"电视节目主持人不是也大多一男一女搭档嘛。"

116

片山心里说着"这是两码事"，却知道抱怨已无济于事。

"你别再说了，我都想呕吐。"片山叹气道。

刚才在蛋糕店里，有田拓士把长田幸子推荐的蛋糕都点了。等他们聊完，他一个人已吃掉了六块蛋糕！

"第一次见面，一般会收敛一点儿吧？"

"毕竟年轻嘛。"虽然和清美他们差不了几岁，晴美却端出一副老成作派。

"今天需要回搜查总部吗？"坐上地铁，晴美询问哥哥。

"需要。但我可以先回趟家，洗个澡再过去。"

日子一天天地过去，纸偶新娘谋杀案的侦破工作至今仍没有取得任何进展。

刚开始，在特别搜查总部，每个人都充满热情。但过了一阵子，大家都没了干劲。

片山曾连续数日住在搜查总部，却没能查到有用的线索。

他打了个哈欠。

"哇！"有人猛地拍了一下他的后背，片山差点儿跳起来。

"哟，是留美。"晴美说道。

片山心想，刚才还提到她呢。回头一看，站在面前的正是穿着校服的堀田留美。

"放学了？"晴美问。

留美摇摇头。

地铁里很吵，没法交谈。

"一起去吃点儿东西吧？"晴美大声提议道，"哥，你顺便把晚饭解决了呗。"

片山觉得去或不去都行，于是默许地耸了耸肩膀。

留美"咯咯咯"地笑个不停。

三个人中途下车，来到一家中餐馆。

"你看起来气色好多了。"晴美说。

"抱歉，让你担心了。"留美低下头，"这套校服是新的，原来的那套没法穿了。"

"是吗？你父母都知道了？"

"嗯。"留美垂下视线，"绝不想有第二次了。"

"是啊。"晴美点点头，"我也有过类似的教训。"

"真的？"

"真的。"

"是嘛……我被父亲打过, 害母亲哭过, 但最难受的是我。"

"以后一定要小心啊。"

"我已经对男人死心了。"留美说，"现在很有食欲！好好吃一顿吧！"正好，菜上桌了。

三个人吃得很高兴（只有片山默默地用餐），晴美说起要做证婚人的事。"哇！有趣。"留美听得兴致盎然，"你们俩做证婚人？我也想去，可以吗？"

"那是婚礼，只有收到请柬才能出席。"

"我可以出红包嘛。"

"不是那回事。"

"可以的，我去拜托他们。"

"太棒了！晴美，你太好了！"留美高兴得从椅子上跳起来。

"喂！等一下！"片山说，"你是不是忘了为什么要在网上宣传这场婚礼？万一新娘杀手真的出现怎么办？"

"啊，我忘了。"晴美拍了下脑门，"留美，对不起！"

"怎么回事？"

留美听完他们要用栗原科长外甥女的婚礼引蛇出洞的计划，反而更来劲了。

"我一定要去！哪怕不给我请帖，我也要硬闯进去！"

这下晴美没辙了："真拿你没办法。哥，你看呢？"

片山一脸不情愿："那你自己要当心！"

"谢谢片山先生，让我给你一个吻！"留美说着张开双臂。

"快别这样！"片山赶紧躲开，椅子差点儿翻倒。

"真高兴看到活蹦乱跳的留美。"晴美说，"当然，可能她是故作活泼。"

"希望她以后遇到个好男人。"

片山兄妹走在公寓的楼梯上。

"哥，你觉得她怎么样？再过五六年，就是大人了。"

"不用你操心！她肯定看不上我……"

"这倒也是。"

两人来到家门口，晴美掏出钥匙，片山打了个哈欠。

"啊，吃饱了就想睡觉。"

"哥！"

"怎么了？"

"门没锁！"

"什么？"

不可能是忘记锁门。在这方面，晴美特别留心。

"当心！也许屋里有人。"片山说着打开门，朝漆黑的屋内看去。就在这时——

"喵——"福尔摩斯叫了一声。

"没事，叫声和平常一样。"

片山打开灯，只见榻榻米上站起来一个人。

"哟，回来啦。"

"舅妈！"片山和晴美同时大叫。

两人的舅妈儿岛光枝边打哈欠边说道："等你们好久了。稍微躺了一会儿，居然睡着了。啊——啊——"她甩了甩脑袋，"现在没事了，彻底清醒了。"

"喵——"

福尔摩斯在一旁像等着看好戏。

这位舅妈自诩为片山兄妹的家长，热衷于担起"我要给你们幸福"的使命。

"舅妈，您什么时候来的？"片山问道。

"傍晚……已经是晚上了？"

"是啊，您一直等我们吗？下次来之前说一声嘛。"

其实片山心里想的是：以一般常识来说，去别人家之前总该先确认一下对方是否在家嘛。

"没事儿，你们不用放在心上。为了我们的小义和晴美，两天、三天，我都会等。"

儿岛光枝似乎以为片山兄妹会为此"感到非常抱歉"。

但在片山看来，虽然自己把家里的钥匙给了儿岛，但毕竟不是母子关系，这样擅自进来其实挺惹人烦。

还是晴美比较通透。

"我马上给您泡茶……舅妈，您肚子饿了吧？早知道我们就不在外面吃了，真对不起。"

道什么歉！片山板着脸。

"没关系。不过……确实有些饿了……"

"我给您做茶泡饭吧？真抱歉，家里什么都没有。"

"那就给我做一份吧，总不能为我一个人叫寿司外卖吧？"

片山装作没听见。

"舅妈，您今天来有什么事吗？"晴美边准备茶泡饭边问。

"对了！"光枝突然大叫一声。

片山吓了一跳。

"舅妈！这里是老公寓，不能太大声……"

"先不说那些，我正在气头上呢！"光枝边说边敲矮桌。

想到一出是一出，这很符合光枝一贯的风格。

"是我们做了什么惹您生气的事吗？"晴美的语气一如平常，"饭做好了，请吧。"

"谢谢……但是哦，真的很生气，让我说完再吃。"光枝"嗯哼"干咳了一声，"听说你们在网上寻找结婚对象？"

吃惊的片山和晴美面面相觑，知道是光枝误会了。

"被我说中了吧！我给你们介绍的对象，每次都被你们用各种借口推掉。现在倒好，去网上找那种完全没法知根知底的人！我可没教过你们这么不成体统吧！"

"舅妈，您先冷静一下。您搞错了。"

"是的！大错特错！"

"不知道您是听谁说的，但真的不是我们……要结婚的是搜查一科栗原科长的外甥女。我和哥被请去当证婚人——虽然这也有点儿古怪……估计是照片被传到了网上，不知内情的人看到了，产生了误会。"

光枝一听"证婚人"这个词，立刻再次血冲头顶。

"跳过我，去找什么证婚人？你们的证婚人只能是我！"

"都说了是您搞错了！"

"哥，你也冷静一点儿……"

"这叫人怎么冷静！"

"喵——"福尔摩斯跟着添乱。

好不容易让光枝明白了是怎么回事，茶泡饭都凉了。

"原来是这样啊。"光枝把茶泡饭吃得干干净净，"你们早点儿说不就好了嘛！"

"我们早就说了呀！"

"行啦，哥！舅妈！总之事情就是这样，您别担心了。"

"那可不行……我吃饱了，今天你们得给我说清楚。"

"说什么？"

光枝解开包裹，"啪"地甩出一沓照片。

"都是相亲照！一共三十张，二十张给晴美，十张给小义。"

片山兄妹当场愣住。

光枝自说自话地把相亲照一张一张摆在桌上……

13　清洁工

"所以……"片山边说边打哈欠，"请问，您在草刈圆
向记者发布结婚消息那天打扫过这家酒店的宴会厅吗？"

"打扫过。"一位穿围裙的大婶转了下眼珠，"听说后
来出事了？"

"嗯。请教一下，那天您是否在大堂捡到过一个纸偶新娘？"

"捡到过。"

"是吗？知道了，谢谢您。"

片山在手中的名单上打了个勾。

一旁的石津说道："这就像大海捞针嘛。"

"沉住气，一定会找到的……"话说到一半，片山突然
反应过来，"石津，刚才那位大婶说'捡到过'？"

"是啊。"

"快去好好问她！"

"您不是刚刚问过？"

"哎！刚才那位……人呢？"片山急忙去追已走开的大婶。

为何草刈圆的休息室里会有那个纸偶新娘？为了弄清楚

这个问题，片山正在逐一询问当天打扫过酒店的清洁工。

但清洁工人数多，而且外包的清洁公司雇用了很多打零工的主妇，要找出当天到底是谁在这家酒店里做打扫绝非易事。

听说"今天当班的应该和那天是同一批人员"之后，片山立刻把她们一个个地叫到大堂角落里问话。

同一个问题，已经问了将近三十人。

问到神经麻木、频频犯困之际，他的大脑惯性地以为那位大婶回答的也是"没捡到过"，就反应机械地放她走了。

"快去找她回来！"

"遵命！"

片山与石津分头寻找，但清洁工穿的制服都一样——每次看身材以为找到了，再看脸，却发现是别人。两个人只能在酒店里来来回回地跑。

"可恶！"片山喘着粗气，"好不容易找到了……"

他突然想到名单上有那位大婶的名字。

这样没头苍蝇似的瞎转也不是办法。

片山回到原地，想从名单上找出自己最后打勾的名字。

"不对。"

因为他不是按名单顺序问话的，所以打勾时跳来跳去。

"哪一个？到底是哪一个？"

当时他困得迷迷糊糊，现在完全想不起来是哪个名字。

虽说犯下这种低级错误必须受罚，但说到底，还得怪昨晚儿岛光枝逼他看相亲照。"这也不行，那也不好"，一直折腾到大半夜，害得他严重缺乏睡眠。

"找不到！"石津跑回来。

"石津，你刚才问了她的名字吗？"

"问了。"

"太好了，告诉我！"

"虽然问过，但不记得了。"

片山自己也是如此，故而无法对石津发火。

"让前台广播叫刚才到这儿问过话的所有人再来一次。"

"遵命。"

石津赶紧跑去前台。

片山叹了口气坐到沙发上："真凄惨……"

还不能怪别人，他完全不敢想：万一到最后仍是一无所获该怎么办？

片山双手抱头。

"嗨，刑警先生！"

片山听到一个熟悉的声音，抬起头来。

"哟，长田小姐？"

是蛋糕店的长田幸子。

"您怎么在这里？有任务？"

幸子手里捧着一只印有蛋糕店店名的盒子。

"嗯，你手里的是……"

"我来送蛋糕。有人在这里举行婚礼，指名要我们的蛋糕。"

"你们店里还有这种服务啊，真辛苦你了。"

"这种客人挺多的，我经常送蛋糕来酒店。都是提前很多天预订的，准备起来比较轻松。"

"原来如此。"

"今天真有意思，接连遇到熟人。"幸子说道，"刚才我还在那边见到常去店里的玉木小姐。"

"玉木？"

"她做婚礼咨询，经常会在酒店遇见。在这里偶遇不奇怪。"

片山想起在须贝弥生的葬礼上，她是和市川安伢一起去的。

他突然想到，不知须贝弥生的父亲现在怎样，只听说安伢安排他住院后谢绝了任何媒体采访。

"前辈！"石津又跑回来，"那个广播……咦？"石津注意到一旁的幸子。

"您辛苦啦。哦，对了，刚才有两位宾客临时缺席，多出来两块蛋糕……您要吗？"

"一个人吃两块有点儿……"石津还以为幸子只问自己。

"您二位一人一块……费用已经结掉了。不介意的话，请拿去吧。"

片山当下哪有心情吃蛋糕？

"你都吃了吧。"

"才两块而已，我肯定没问题……真的可以吗？"

"可以。"

"我把蛋糕放在这里了。"幸子说着，从盒子里取出两块小蛋糕放在桌上。

"那我就不客气啦。"石津看起来非常开心。

片山满心羡慕。

"现在是工作广播，负责清洁的各位员工请注意……"酒店大堂里响起广播声。

一定要找到啊……片山一边聆听一边在心中默默祈祷。

如果是那种比较少见的姓氏，也许片山还能记住。

这位名叫吉田弓子的大婶正卖力地擦拭着储物间的柜台，听到有人叫她，停下手里的活儿回头看。

"你去吃午饭吧，三十分钟后回来替换我。"今日当班的小组长说道。

"可是柜子才擦了一半……我擦完了马上去。"

"没关系的，你太认真了。"

"您过奖了。"

倒不是她矫情，只是觉得如果擦到一半就离开会不安心，到头来只能再擦一遍。与其重复劳动，不如一次性擦完再走。

吉田弓子是"喜欢打扫"的那类人。做这份工作的时候，她最喜欢看到擦得锃亮的桌面和扶手。

还差一点点……

角落的部分，她还是选择了偷懒。

不过总的来说，吉田弓子做清洁的时候总是特别专注，充满了工作热情。

那条广播对她而言，全然成了杂音……

"咔嚓"一声，闪光灯亮起。

嘴里塞满蛋糕的石津吓了一跳。

"独家新闻！"手拿数码相机、得意地如此宣布的人，正是市川安伐。

"您在干什么？"片山问。

"我来采访。婚礼上会有多少人间悲喜啊。"安伐说，"正在执行公务的警察却在狼吞虎咽地吃蛋糕！这张照片可以卖给周刊哦。"

"等一下！"石津顿时慌了神。

"开个玩笑。"安伎笑道，"其实我在找玉木令子……"

"那位婚礼咨询师？"片山说，"蛋糕店的长田小姐说刚才见过她。"

"是吗？蛋糕是那家店的？"安伎点点头，"我和玉木约了在这里见面。难道是我搞错了地点？"

"我没见到她。对了，须贝先生怎样了？"

"老样子，据说已经醒了，但我没看见。"

"您不是去看他了吗？"

"我去看什么？他一见到我肯定又要发火，还是不见为妙。"安伎耸耸肩，"但医药费全是我出的，还给他安排了单人间——他自己绝对没有这个经济实力。"

"奇怪，"石津觉得匪夷所思，"我明明在电视上看到您去了医院，您还在医院门口接受了采访……"

"那是事先安排好的表演，我没有进入医院。"

"哦……"

"我要挣钱嘛。已经出了那么昂贵的住院费，利用他一下无可厚非吧？哪怕是丑闻也无所谓，只要上电视露脸的机会足够多，书就能卖得更好。"

安�真的是在各方面都是"女强人"。

"您无所谓，但您的女儿呢？"

"记者们还去充子的学校采访呢。她不喜欢那样，就干脆翘课了。不过若没有那种事，普通高中生怎么可能上电视露脸呢？也算是个好机会。"

片山无法认同她的价值观。

"我先走了。如果你看到玉木令子，让她打我的手机哦。"安innen说完，立刻风风火火地转身离开。

"前辈，她真的会把刚才那张照片卖给周刊吗？"

"你别瞎担心，谁要看无名小刑警吃蛋糕的照片？"

"这倒也是。"石津点点头。

几位清洁大婶朝他们走来。

片山没有在里面找到他想见的人。

"对不起，请问您叫什么？"片山再次对照打过勾的名单。

"都不在这些人里面。"

"唉，要找的人恐怕到最后才会出现。"片山在大堂里四下张望，并不希望自己一语成谶。

吉田弓子来到卫生间洗手。

从事打扫卫生这份工作，难免双手粗糙。

她做事的时候尽量不戴手套。虽然公司发放了一次性手套，但戴着手套就没法切实判断到底弄干净没有。

她喜欢擦干净台面后"啾啾啾"的摩擦声，也喜欢擦干净橡胶质地的电梯扶手后顺滑的手感——这些感觉，戴着手套就感受不到了。

如果没弄干净，她就觉得不舒服。

看着自己粗糙甚至干裂的双手，虽疼，虽丑，但在内心深处，她特别以这双手为荣。

"该去吃午饭了。"她一边用纸擦手一边喃喃自语。

一个人影窜进洗手间，"嗖"地从她背后经过。

吉田弓子正下意识地用擦手纸将水龙头和洗手台擦拭干净。

她打算走出卫生间时，突然有人从背后将她一把抓住。

吉田甚至没来得及发出声音。

擦拭得干干净净的化妆镜上溅满了鲜血。

14 情绪低落

"哥！哥？"晴美一进家门就问，"你在家吧，哥？"

刚过晚七点。这种季节白天很短，天已经完全黑了。

"没开灯嘛。"石津说，"不在家？"

"肯定在。"晴美进屋打开灯。

"喵——"福尔摩斯站起来，边打哈欠边叫唤，"喵——"

"你好好照顾哥哥了吗？"

"喵——"

"你说你管不了他？"

晴美拉开移门："哥？"

片山缩在被子里。

"哥……你醒了吧？"

"我睡着了。"

"哪有人睡着了说话？我和石津把食材买回来了，开饭了。"

"我绝食。"

"别闹……不好好吃饭怎么抓坏人？"晴美耸耸肩，

"算了，石津，我们俩吃寿喜烧。现在开始准备。"

"我来帮忙。"石津脱去大衣。

"你把便携式气罐炉拿出来，煮寿喜烧的锅在那边的架子上。"晴美手脚麻利地准备着。

片山隔着被子问石津："查到什么了？"

"目前还没有……只知道前辈您这几天都在休息。"

"这个我知道。"

"也对哦。"

"科长说什么了？"

"啊……哦……好像说过什么。"石津歪着脖子想了想，"对了，他昨晚说，刚完成一幅新作品。"

"没问你这个！"片山坐起来。

"前辈，您这双熊猫眼好严重。"

"你管我是熊猫还是老虎！我都想在胃上打洞了。"

"那可不行，吃东西会漏的。"

全怪自己疏忽大意，吉田弓子不幸遇难。片山因此大受打击，已经在家里躺了三天。

他不想用"太累了"当借口。

辞职信来来回回写了十几封，"辞职"两个字越写越丑，直到写成了"职辞"才暂时停笔。

"你现在应该打起精神去抓坏人。"晴美说，"抓到凶手之后再递交辞职信也不迟。"

片山的失误导致吉田弓子遇害。

这是事实，而且无法挽回。

"哥，你整天这样躺着，案子并不会自行告破呀。"

"我知道。"片山叹了口气，"今晚吃寿喜烧？"

"是啊，快起来吃吧。"

"嗯……买了多少肉？"

片山忧心忡忡地看着满脸乐呵的石津……

"凶手这次没有摆放纸偶。"片山说，"但肯定是同一人。"

"吃饭的时候能不能别提案子？"

"有什么关系？反正脑子里也装不下别的。"

"好吧。"晴美又问石津："要添饭吗？"

石津递上自己的空碗——已经是第三碗了。

煮寿喜烧的锅里发出"咕嘟咕嘟"的声响。福尔摩斯坐在晴美旁边，等着被吹凉的豆腐和肉。

"凶手一定是看到你一个个询问那些清洁工了。"

"是啊，我却浑然不知。"

"毕竟是酒店大堂，进进出出的人太多了。"

"市川安伎当时也在，还有蛋糕店的长田。市川安伎还说那个叫玉木的婚礼咨询师也会来。"

"这些人都没有杀害吉田的理由吧？"

"是啊。"

"是吉田捡到了纸偶？"

"她是这么说的。"

"她以为是有人弄丢了，所以捡起来放在休息室的桌上。"

"被她目击到的人也知道纸偶被拿去了哪里……"

"但凶手为什么没把纸偶拿走？"

"是啊……哥，要鸡蛋吗？"

"嗯……"

片山起床后忽然觉得很饿，狼吞虎咽起来。

"我回来了。"

市川充子进屋后习惯性地说了一句。

"你回来了。"

"呀！"充子差点儿跳起来，"吓死我了！"

"干吗？你明明进屋时说'我回来了'，我当然回应'你回来了'。"安伢苦笑道，"吃饭了吗？要不要我偶尔下个厨？"

充子直勾勾地盯着难得说出这番话的母亲。安伢头发蓬乱，身披长袍。在家工作的她总是这副打扮，充子早已见怪不怪。

"你干吗盯着我？"

"妈……莫非你给我投了巨额人身保险？"

安伎故作懊恼："呀，被你发现了。"

见充子笑起来，安伎也"扑哧"笑道："真是的！你妈就算再落魄，也不会打女儿保险金的主意。更何况，别看你妈现在这样，还是有男人喜欢的。"

"真可怜……我是说那个男人。"充子打趣道，"你工作忙，我们叫外卖吧？点寿司还是披萨？"

"这两个选项都很厉害嘛。没关系，我刚好坐得太久，腰都疼了。我弄点儿简单的。"走去厨房前又问，"充子……"

"什么？"

"那个姓片山的刑警全名叫什么？"

"片山义太郎。"

"哦，知道了。我只记得他的名字很老派。谢谢啦。"

"干什么？"

"没事，只是问一下。"安伎说着走进厨房。

"别再把糖和盐弄混了！"充子提醒道。

这并非玩笑话。安伎以前为充子做过盒饭带去学校，当时她搞混了糖和盐，那天的午饭咸得让充子简直想死。

"片山义太郎……"充子一边换上居家服一边嘟哝着。

总觉得哪里不对劲。

安伩在厨房里自言自语："呃……接下去该放什么呢？"

充子走进母亲的书房。

房间里堆满了书籍、信件和资料。

充子打开母亲的电脑。

母亲刚才在写稿子。充子知道如何使用母亲的电脑，她打开文稿，"片山刑警"四个字立刻跃入眼帘。

充子坐到椅子上。

"充子！"等安伩打开书房的门，充子已经看完这篇打算刊发在专栏上的稿子。

毕竟字数不多。

"充子！跟你说过很多遍，不要偷看妈妈没写完的稿子！"

"妈……"充子坐在转椅上，转到与母亲面对面，"你为什么写这种文章？"

"我写的都是事实，当时我就在边上，听得清清楚楚——因为那个叫片山的刑警失职，清洁工大婶才被杀。"

"但是……"

"警方还没有公布这个细节，这篇文章刊登出来一定会引发热议。"安伩胸有成竹。

"妈……别这样，求你了。"充子盯着母亲，"万一是你听错了呢？也许另有隐情？你至少应该先向片山先生确认一下。"

"确认什么？他会承认吗？如果我一个字一个字地问他'这个可以写吗'，哪里还能写出文章？"安伎不予理睬，"先别说这些，吃饭吧。"

然而充子一动也不动。

"充子，你和妈妈约定过不会干涉我的工作，记得吗？"

"记得。"

"那你要懂事啊。妈妈赚的钱可以供你读名校，吃大餐，你好好想想……"

"我知道，但这一次真的求你了，不要把这篇稿子刊发在专栏上。"充子竭力请求。

"充子……"

"我喜欢片山先生。"充子说道。

安伎难以置信地瞪大眼睛。

"充子！你该不会……和那个刑警有什么吧？"

"什么有什么？"充子满脸通红，"片山先生不是那种人。"

"我知道，但这年头的警察……"安伎拒绝再聊这个话题，"这件事到此为止，听懂了吗？"

充子还想说些什么，但转念一想，回答道："知道了。"

"吃饭吧。"

充子默默地走出母亲的书房,听到背后传来母亲的命令:"以后不许随便进我的书房。"

"是片山先生吗?"

虽然已经习惯了半夜接到电话,但次数多并不意味着每次接到时都能立刻清醒。

"是我。哪位?"片山的口齿很不清晰。

"是我,充子,市川安伮的女儿。"

"哦,怎么了?大半夜的……现在才三点,是凌晨三点。"

整整三天睡了起、起了睡,片山的生物钟有些混乱。

"对不起,把您吵醒了?"

"没关系,怎么了?"

"我……有件事想向您道歉。"

"我?"

"我妈将在明天出版的报纸专栏上发表文章,是关于您的。"

听充子说了这几句话,片山彻底清醒了。

"是吗?那时候你妈妈确实在现场。"

"我恳求她不要发表,可是……"

"没关系,你不用有负担。"

"但是……不该由您来担责……"

"不是的，确实是我的责任。其实一开始就应该公布这一点，虽然上面说担心现在公开会不利于搜查工作，打算抓到凶手后再公开。"

"我妈那种人，只要能炒作、挣钱，即使伤害他人也无动于衷。我真的受不了她。"

"你这么说，你妈妈就太可怜了。她可以把自己的见闻写出来，她有这个权利。当然，如果她的这篇文章将给搜查工作带来不利影响，那么我一定会拜托她先等一等。仅此而已。但这次纯属我个人的问题。"

"可是这会对您不利……"

"谢谢你为我担心，"片山说，"但真的不用。如果我被警队辞退，那也是因为我做错了事，不怪你妈妈。"

"谢谢您，片山先生，"充子说，"但请您也别担心我。"

"你？"

"是的。如果我失踪了，您也别担心，因为这是我和我妈之间的问题。"

片山听得一头雾水。

"你要去哪里？"

"我要离家出走。"

"啊？"

"准确地说，我已经出走了，还给我妈留了封信，清楚地告诉她没有人绑架我。这次不会有问题的。"

"但是你……"

"我只希望我妈能多考虑一点儿我的感受。我不会一直不回家。这一点也写进了信里。"

"喂！你听好，你只是个高中生。"

"离家出走不就是学生时代才能做的事吗？"

"这个……话虽如此，"被高中生反驳得哑口无言，片山觉得很没面子，赶紧找补道，"但是，不止你妈妈，周围的人也会担心你。至少……"他本想说"告诉我你去哪里"，但突然意识到这其实算不上真正的离家出走，于是改口道，"至少要记得时常打电话给我。"

"嗯，谢谢您，片山先生。"

"不用谢。"

片山不明白充子为什么感谢自己。

总之，充子挂了电话，片山没法再多说什么。

15 捉迷藏

"抱歉,一大早跑来打扰您。"

片山很不好意思地说道。

"没事。"栗原夫人脸上完全没有嫌弃之意,"最近很辛苦吧?我丈夫昨通宵达旦……"

"啊?难道科长昨晚睡在搜查总部?我完全不知情,太失礼了。我应该先确认一下再过来。"

"不是。"栗原夫人笑着说道,"要是通宵抓坏人倒好了,他是通宵作画!"

"啊……"

"他和清美一直待在画室里。明知那姑娘马上要嫁人了,还拖着她一起通宵。要是搁在古代,他早就被姑娘的父亲追杀了。"

"和模特儿一起通宵?"片山难以置信。

"是啊。清美做他的模特儿也真够辛苦的。据说都快画完了还不放人,矫情地说什么'没有模特儿就没有灵感'。希望人家老公不要怪罪。"

片山接到市川充子那通声称"离家出走"的电话后一直心事重重。思来想去，他觉得如果充子提到的那篇文章真的在报上刊登出来，其他媒体就一定会跟风。

这种情况下，如果警方能尽早作好应对的准备，届时就不至于惊慌失措。

于是天刚亮，他就来到栗原家。

栗原的画室当然不是专业工作室。原本是一间采光好的阳光房，被栗原布置成了画室。

"科长，我进来了。"

片山敲了敲画室的门，没人应答，于是他推门而入。

晨光照进画室，屋内很是亮堂。

片山立刻发现了栗原。

一瞬间，他以为栗原遇袭倒地，但事实并非如此。

栗原手握画笔，正呼呼大睡。

他手中的颜料沾上罩衫前胸，乍看会误以为是血，害得片山心里一惊。

"科长！科长！醒醒！"片山抓住栗原的肩膀用力摇晃。

"那个……不许动！"栗原口齿不清地嘟囔道，"再动一下……我就画你！"

"科长！"

"嗯？"栗原终于睁开了眼，看着片山问道，"清美？你怎么长胡子了？"

"科长！我是片山！"

"啊……搞什么？你来这里做什么？"栗原瞪大眼睛，"不许你偷看我还没完成的画！"

"我不是来看画的……"

"我的搜查一科里没有人不想看我的画！"

"先别说这些了，行不行？您醒一醒。"

几个回合过后，栗原终于搞清楚状况。

"等一下……我先去洗把脸。"他颤颤巍巍地站起身，一边嘟囔着"哎呀呀……"一边走出画室。

"想说'哎呀呀'的人是我好不好！"片山发了句牢骚，看了看栗原的画作，"技艺提高了嘛。"

连片山也不得不承认，栗原的画功真的不错。

至少能看懂他画的是什么了，这可是值得一表的大进步。

画布上是一个以后背示人、横躺着的裸女，女子肌肤白皙，正躺在白色毛毯上。

虽然画了背部，看不到脸，但确实能让人联想到矢川清美。

"这幅画倒是不用费脑子去想该怎么夸。"

片山话音刚落，突然听到"唉……"的叹息声。

他这才想起刚才栗原夫人说过"模特儿也一起通宵"。

他将视线投向画布前方……

全裸的清美正摆出和画中一模一样的姿势……

片山赶紧转过脸——不行！这可看不得！太失礼了！

当然，片山并没有看到"不该看的"，狂跳的心因此稍稍安定下来。

"阿嚏！"清美突然打了个喷嚏。

虽然画室里有空调，但毕竟是冬日的大清早，赤身裸体肯定会觉得冷。

马上就要举行婚礼了，可不能感冒。

"科长……科长夫人……"片山小声求助，却无人应答。

无奈，片山只能背对着清美后退着来到她所在的位置。

"我不看……我不看……"他在心里反复默念着。

但他想破头也不知该如何背对着清美给她披上衣服。

"失礼了……"片山用眼角余光瞥着清美，正想给她披上衣服，突然，脚下被什么东西绊了一下。

"啊！"

因为转着半个身体，所以他完全不知该如何落脚。

结果他拿着衣服趴在了清美身上。

"干什么！"清美眯着眼睛，"大清早的，可恶！"

"对……对不起！我是被绊倒的！"

片山刚想起身，手却按在了清美身上。

"哇！"片山的手恰好罩在清美胸部隆起的位置。

"疼……"清美笑道，"想抱就好好抱嘛！"她睡眼惺忪，还没有完全清醒，似乎把片山当成了未婚夫，"跟你说过多少次了，别猴急，女人都不喜欢这样的。"

"呃……呃……"

"真是的！你什么时候把我脱光的？你这个小色狼！"清美说着，双手勾住片山，猛地贴上双唇。

"不……不……"

错了！错了！片山想分辨却开不了口。

就在这时——

"我彻底清醒了，片山，你找我有什么事？"栗原一回到画室就看到片山趴在赤裸的清美身上，顿时呆住了。

"你在干什么！"栗原大喝一声。

"啊？"清美也被这一声吼清醒了，"啊？片山先生？"她眨着大眼睛，"讨厌，我认错人了！"笑着推开片山。

片山原本的站姿就不稳，被清美一推，整个人四脚朝天，翻倒在地。更倒霉的是，他摔倒的地方立着一尊半身雕像——栗原并没有使用这尊雕像来练习素描，而是为了增添画室里的艺术气氛而特地摆放在那里的。

"咚——"片山一头撞在雕像上。

"喂，片山，你没事吧？"栗原跑到片山身边。雕像被撞成两截，片山无力地瘫倒在地。

"在吉田弓子遇害案中，搜查一科的刑警确实存在失职行为，这是事实。"栗原神情沉重地发言，"作为搜查一科的科长，我代表警方向大家深表歉意。"

记者招待会由栗原独自出面应对。

"会处分吗？"记者犀利地发问。

"我们正在考虑。当时那位负责案件的刑警睡眠严重不足，处于过劳状态，导致判断失误。当然，更多的原因在于我对下属管理不当，因此应该由我来承担责任……"

"当事人呢？他在干什么？"

"事实上……"栗原表情凝重，"他因精神压力过大，撞到头部受了伤，此时正在住院。"

"精神压力过大会撞到头？如果说他是胃穿孔之类的也许还好理解……"

"是我表述得不够准确。我重新表述一下：他因为精神压力过大而晕倒，撞到了头部，此时正在住院。"

电视新闻节目的主播歪着脑袋评论道："两种说法都让人摸不着头脑。总之，最好的弥补方式是早日将凶手捉拿归案。我们来看下一条新闻……"

晴美举起遥控器关掉电视。

"说你精神压力过大？"晴美摇摇头，"确实不能说你是被人体画的模特儿热吻后一脚踹飞，导致脑袋撞上雕像。"

"又不是我故意去吻她！好疼……"片山躺在床上呻吟道。

"那尊雕像是石头做的呢！据说被你撞成了两截？"

"有什么好笑的！"片山皱着眉头，"这也算是遭天谴了。"

"别这么说，哥，你再懊恼也没用。"

"但是这么点儿小伤住什么医院嘛，我得回搜查总部。"

"栗原科长特地给你安排了单人间，你可别辜负上司的一番好意。"

"我哪有心思躺在这里。"

"喵——"福尔摩斯在床边伸了伸懒腰。

"哥。"

"怎么了。"

"你吻的那个清美……"

"都说了不是我主动！是她扑上来的！"

"结果都一样。我想说的是，她和未婚夫在举行婚礼前有可能遭凶手袭击。"

"嗯，听说石津被派去保护他们了。对了，我也去。"

"石津一个人够呛。栗原科长也许是想到这一点，才故意让你离开搜查总部。"

"真是这样倒也好。"片山说。

病房里的电话响了。晴美拿起话筒。

"啊，是栗原科长……嗯，刚才在电视里看到了……换我哥听电话吧……啊？"晴美瞪大了眼睛，"好吧，我转告他。"

"科长打来的？说了什么？"

"这……"晴美放下话筒，"科长说，市川安伢打电话给他，劈头盖脸骂了他一通。"

"因为我？"

"说你勾引充子……真有此事？"

"勾引？开什么玩笑！"片山气不打一处来，"她只说要离家出走，但那都怪她妈妈。"

"对方觉得都怪你。"

"瞎说！怎么总是让我做坏人？"片山试图起身，"啊，好疼……"他赶紧捂住脑袋。

"你得躺着！你撞的是石头，医生说了，要做核磁共振。"

"哎呀呀……"片山无奈，躺下叹气。

"我先回去了。"晴美站起身，"你乖乖躺着。咱们走了，福尔摩斯。"

"喵——"

片山有些不安地问道："你明天会再来吧？"

"我做好饭菜带过来。你只是撞到脑袋，饮食没有限制。"

"嗯……"

晴美走到半途，又说："对了，哥，你这次据说是秘密住院，没用实名登记，别忘了。"

"我听说了。科长也真是的，既然要用假名，就想个好听点儿的嘛。"

"他一定是懒得想……我走了。"

晴美和福尔摩斯走出病房，朝电梯走去。

"啊，电梯来了。"晴美和福尔摩斯小跑进了电梯。

电梯门刚刚关上，一位少女就从茶水间走出来，提着热水壶来到走廊上。

护士与她面对面迎上时问道："辛苦了，你爸爸能说话了？"

"能说一点儿，但口齿还不太清楚。"

"是嘛。别着急，慢慢来。"

"好。"少女微笑着走向病房。

经过隔壁病房门前时——

"咦？"市川充子不由得停下脚步，"这名字看着好眼熟。"她看了看写着"高山义太郎"的名牌嘟囔道，然后耸耸肩，径直朝挂有"菅井幸吉"名牌的病房走去。

16 当头一棒

"辛苦你了。"

市川安攸把信封放在桌上。

"谢谢关照。"玉木令子把信封迅速装进包里。

"你说说，后来又发生了什么？也许可以写成续篇。"安攸又问道。

"需要来份蛋糕吗？"长田幸子走过来。

"总是忍不住……我要一块蒙布朗。"

"我也是……"玉木令子说道，"关于您在专栏里提到的那名刑警……"

"没错，他也来过这家店。"安攸有些烦躁地端起咖啡杯，却发现杯子已经空了，"哎！再来杯咖啡！"

"好，马上！"长田快步走向后厨。

"先不说这个，孩子离家出走了。"

"哪个孩子？"

"我家充子。不知她现在人在哪里。真是的，一点儿都不懂体恤妈妈的心。"

"算了，年轻的时候，谁都会有这种……"

"我可没有！"安仗打断道，"做妈妈的这么辛苦赚钱，她却对我说：'不许你伤害别人！'你说说，这世上有哪份工作能完全不伤害他人？"

"蛋糕来了，请慢用。"幸子为安仗端来咖啡和蛋糕。

"欢迎光临……啊，是晴美。"

"喵——"

安仗被猫叫声吓了一跳，扭头看去。

"您好。"晴美向安仗点头致意，然后和福尔摩斯一起找了个靠角落的位子。

"你哥没事了吧？"安仗问。

"托您的福，已经没大碍了。"

"太好了……你可别误会，我并不恨你哥。"

"嗯，我知道。"

"充子和你们联系过吗？"

"没有，但应该不用担心。"晴美说。

"你们家确实不用担心。"

"充子很懂事。孩子往往比父母以为的更成熟。"

"真是这样就好了。如果充子联系你们，请叫她给家里打电话。我得走了。"安仗喝了一大口热咖啡，站起身问令子："你呢？"

"我还有约……"玉木令子回答道，"不过现在有点儿早。"

这时，一名女性走进店里。安伎看到她，不由得叫了一声："哟！"她曾见过这位看上去五十多岁的女性。

她离开令子的桌子，快步走到晴美边上坐下："打扰一下。"

"怎么了？"晴美疑惑不解。

"那是我的客户。"

晴美朝那位女性看去。

"玉木小姐，你好。"刚进店的那位女性说着拉开一把椅子坐下来，"我到得有点儿早，年纪大了，脾气比较急躁。"

"没关系。"玉木令子微笑着说道，"我赴约的时候也总会提早点儿到。"

"是吗？"女人笑着问，"这里有什么好吃的？"

长田幸子立刻推荐了蛋糕。

"那个人哦……"安伎压低嗓门对晴美说道，"亲手毁掉了自己儿子的婚礼，我曾采访过她。"

那边，玉木令子问道："博士先生后来怎么样？"

"他没事了。他很快会忘记那个女人。"博士的母亲笑得很得意，看起来一点儿都不担心自己的儿子。

"她叫植田千代。"安伎说着，从包里取出摄像机并悄悄按下开关，开始录影。

　　"这是我的一点儿心意，请收下。"植田千代把一只信封递给玉木令子。

　　"那我就不客气了。"令子低下头，把信封迅速装进包。

　　晴美看着安伩拍摄下整个过程，不由得心生佩服。

　　然而事情还没有结束。

　　一个年轻男人走进店里。正对着店门口方向而坐的玉木令子吃惊地叫道："啊！博士先生！"

　　植田千代回头一看："博士？你怎么来了？"

　　儿子气冲冲地走到她们面前："妈，我都看到了！你为什么塞给她钱？她帮你做了什么？"

　　"你说什么呀？我只是觉得上次的事给玉木小姐添了很多麻烦，想向她赔个不是……"

　　"骗人！她帮你毁掉了我的婚礼，你给她钱是表示感谢！"

　　"博士！你……"

　　"啊，凉子小姐？"玉木令子又吃惊地叫道。

　　一位看上去年纪很轻却给人感觉很稳重的姑娘走进店里。她身姿挺拔，散发着坚毅、刚强的气质。

　　"博士，"植田夫人满脸通红，"你不是和她分手了？"

　　"我冷静下来之后，总觉得不对劲儿。"

"我也是。在婚礼现场听说你们取消了婚礼，我当时非常生气。但仔细一想，如果他不想和我结婚，何必那么费事？"名叫凉子的姑娘说道，"于是我悄悄联系了博士，好好交流了一下，都觉得只有一种可能，就是您设计了这场闹剧。"

"什么叫我设计？你拿我当罪人啊，博士？你怎么能允许这个女人对你妈妈如此说话？"

"难道她说的不是事实？"

儿子这句话对植田千代简直是当头一棒，她立刻脸色煞白。

"我俩是一路跟着您过来的，看到您和婚礼咨询师……太过分了！玉木小姐，要是被公众知晓你做出这种事，你觉得自己还能在这个行业做下去吗？"

玉木令子低头不语。

植田千代毫无悔意："博士，你现在是有了媳妇不要娘？你以前不是这样的。你被这个女人迷昏了头，一定会很快后悔的！"植田千代大声甩下这句话，扬长而去。

"哎呀呀……"博士叹气道。

"你打算拿你妈怎么办？"

"能怎么办？以后再说。"博士说，"玉木小姐……"

"对不起。"玉木低头认错。

"是我妈不好……不对，归根结底还是我不好，毕竟上一次是我妈出钱，她要取消，我没办法。这一次，我要自己出钱——虽然不多，但一定要好好办一场婚礼。"

"我们希望您能好好反省。"凉子坐到令子边上，"另外，能请您帮我们策划一场符合我们经济能力的婚礼吗？"

"当然可以，请给我这个机会！这次我不收费，我是真心感到非常抱歉。请让我好好补偿你们。"

"那就拜托了。"

"拜托了，但是费用该收还得收。"

"不用。还有，您母亲刚才给的，我还给你们。"

玉木令子从包里取出信封放到桌上。

"能看到二位，特别是博士先生如此果断，我也放心了。作为婚礼咨询师，能看到新人幸福美满比什么都高兴。"

"谢谢您。没有这次的事件，也许我会一直离不开我妈。"

"这笔钱就作为二位举办婚礼的费用，请一定要收下。"

"你怎么看？"博士问凉子。

"这是你的钱，你说了算。"

听凉子这么说，博士挺直了脊背："那就……不如这样，我们把这笔钱分为三份，三分之一请玉木小姐收下，三分之二用来举办婚礼。"

"好。"玉木令子微笑着答应。

晴美见证安伎拍下了整个过程。

"没想到结局会是这样。"安伎一边把摄影机放回包里一边说道，"皆大欢喜。"

"那得看是站在谁的立场上。"晴美说。

安伎看了一眼正在商量婚礼细节的那三个人，站起身对晴美点头致谢："打扰啦。"说完一阵风似的离开了蛋糕店。

这里……难道是工地？

片山听见四周萦绕着好像榔头敲铁板的声音，不由得皱眉。

咚咚咚……锵锵锵……哐哐哐……

周围嘈杂得像是置身于地铁的施工隧道中。

据说这就是目前最先进的核磁共振仪，利用超声波检查大脑内部的状况。

片山曾做过CT扫描——躺着被送进一个好像甜甜圈的机器里。到这一步为止，两种检查看起来似乎一样，然而，核磁共振的下一步则是这项十分嘈杂的流程。

片山感觉连没病的人做了这种检查都会头疼了。

"好，您辛苦了。"

听到医生的声音，片山终于从甜甜圈状的洞里被释放出来。

他卸下固定住头部的器械坐起身，觉得有些头晕。

"没事吧？"医生笑着说，"您太紧张了。"

"嗯，是哦……"

"成像很清晰。主治医师随后会向您详细说明。"

"谢谢。"

"稍微休息一下就回病房去吧。"

片山来到走廊上，在等候区的长凳上稍坐片刻。虽说医学本身取得了长足的进步，但住院这件事终究令人痛苦。

况且片山只是与雕像相撞，不需要做如此精密的检查。

但栗原费心安排得这么周到，片山不好意思开口拒绝。

片山突然想去厕所，于是左看看右瞧瞧。

一名路过的护士主动询问他："需要帮忙吗？"

"请问……哪里有洗手间？"

"直走，左手边就是。"

"谢谢。"

片山淡定地走了几步，自然地打开左手边的门。

护士一定没想到片山会打开这扇门。

其实洗手间还在更前面。

这里好像电视台的中控室，摆满了监视仪，两个穿白衣的人正盯着显示器。

一个是片山的主治医师，另一个是刚刚为他做核磁共振

160

检查的医生。两个人聊得起劲，没留意片山进来。

片山正打算悄悄地退出去。

"晴美……"

听到这个名字，片山停下了脚步。

晴美？怎么回事？

片山竖起耳朵听两位医生聊天。

"还能撑多久？"片山的主治医师问道。

"最多半年。"

"我觉得也是。束手无策了……"

片山回到走廊上。

"最多半年？"他喃喃自语，"什么叫最多半年？"

他恍恍惚惚地迈着步子，甚至忘记自己原本要去洗手间。

最多半年……

怎么会这样？我到底怎么了？不过是撞了一下脑袋，怎么就成了"最多半年"呢？

原本在医院里容易迷路的片山这次自行走回了病房。

片山刚要打开病房的门，从隔壁病房突然走出一个女孩，手里提着热水壶。

"您好。"

"你好。"两人打了招呼。

"片山先生!"少女吃惊地问道,"您在这里干什么?"

"你……是市川充子啊。"

"是啊,我来照顾我爸。原来高山义太郎就是您啊。"充子笑着说,"我还以为有人跟您的名字很像呢,原来真的是您。但您怎么住院了?确实,看起来脸色不太好呢。"

"没什么……"片山摇摇头,"没什么,太晚了……"

"啊?"

"没事。"片山佯装平静,"隔壁住的是……"

"我爸。"

"你父亲?须贝浩吉?"

"嗯,您瞧瞧门口的名字。"

片山看着名牌上的"菅井幸吉",说道:"原来如此,这么一来完全是另一个人了。相比之下,我的假名取得太潦草。"

毕竟是栗原科长亲自赐名,他不能抱怨。

可是……为什么只有半年?

"莫非……"

大概是脑袋里长了什么坏东西,做核磁共振的时候偶然发现的,已经回天无力。

人生如梦一场空……

"片山先生，您没事吧？"

"啊？哦，没事。"

"您刚才好像说什么一场空……"

片山不经意间将心中所思脱口而出。

"没事……突然想起昨天看的电视剧里的台词而已。"
片山故作镇定，"充子，联系你妈妈了吗？"

"我知道她肯定很有精神，但说来诡异——这里的费用
都是我妈出的，她却从不来这里，也不知道我在这里。"

"是啊。须贝先生怎么样了？"

"意识恢复了，不过……"

充子悄悄打开病房的门。

"爸，睡了吗？"充子问道。

"睡不着啊。弥生，给我倒杯茶吧？"

"好。爸，这位是片山先生。"

充子向父亲介绍正探头探脑的片山。

弥生遇害后，须贝曾见过片山。充子原本期待须贝看到
片山后能意识到他把充子和弥生搞混了。

然而，充子的愿望终究落了空。

"是吗？弥生带男朋友来看我了。"须贝点点头，"快
这边请。是叫片山吗？"

"嗯……您好。"

"事先声明，弥生今年十八岁，和近年来那些瞎胡闹的女高中生不一样，她从不轻浮地随便找男生一起玩。"须贝的言辞间有一份自豪感。

"爸，片山先生……"充子还没说完。

"害羞什么？她十八岁了，还是个黄花大闺女呢。"

"爸！"

"没什么好隐瞒的，这是值得自豪的。如今有些人竟以处女身为耻，实在是世风日下……"须贝对片山说道，"片山，你得向我发誓，结婚前，不可以和我女儿发生关系。"

"爸，你在说什么呢？这位是……"

"我发誓。"片山开口道。

这种情形下，只能将错就错。

"这才像弥生的男朋友。弥生，眼光不错。"

充子的脸渐渐泛红。

17　晴美的困惑

"我来啦！"打开病房的门，晴美探进脑袋，"醒着？"

片山正靠在床上。

"哥，睡了？"

片山倚坐在床上呆呆地看着窗外。

"眼睛是睁着的嘛……哥？"

片山缓缓转向晴美："是你啊。"

"是你老妹。你希望是谁？"

"喵——"

"福尔摩斯也来啦。"

"医院的病号饭不好吃吧？我给你买了很贵的便当。"
晴美打开包袱，"怎么样？动用了我的老本呢。"

"谢谢。"片山点点头，"我要好好品尝。也许……吃了这顿就没下顿了。"

"瞎说什么？你如果喜欢吃，我下次再买来。"

"不……如果可能，我想吃你做的。"

"我做的？你今天好奇怪，怎么了？"

"没……没事。"片山摇摇头，"有什么趣闻吗？"

"对了！"晴美把在蛋糕店目睹的那场"母子斗法"大戏说给片山听，"市川安伩把整个过程都拍下来了，说是要拿去作为素材。真是个狠角色。"

"医生怎么说？"

"什么？"

"医生和你谈过了吧？"

"我？干吗和我谈？你自己问医生不就行了。"

"但是……有些话当着本人的面恐怕不太好说……"

"为什么？"

"没……没事。"

"对了，今天做了核磁共振吧？结果怎么样？"

"嗯……没事……"

"我就说嘛。说起撞石头，我们家是有光辉传统的。就那么一下，不可能有事。"

片山一脸认真地看着晴美："谢谢，我决定就当作不知道。"

"不知道什么？"

"没事，忘了吧。福尔摩斯，你要长寿哦。"

"喵——"福尔摩斯歪了歪脑袋。

"哥，你是不是吃坏肚子了？"

"我是不是脸色很差？也难怪，毕竟只有半年了。"

"什么半年？"

"别问了，就当作不知道吧。"

晴美歪着脑袋，她总觉得今天的哥哥不大对劲。

"石津最近在保护矢川清美，看你这副模样……估计没法代替他了。"

"是啊。"片山点点头，"我只是你哥，代替不了石津。"

"你在说什么啊？"

"你……会和石津结婚吗？"

晴美翻了个白眼："谁知道？现在说这些为时尚早。"

"但时间……"

"时间？时间怎么了？"

"算了。晴美啊，我真的很想看你穿上婚纱的模样……"片山说着说着，泪眼汪汪了。

晴美和福尔摩斯见状，只能面面相觑。

"哦，你就是片山先生的妹妹啊。"主治医师点点头，"我听护士说，那只一直和你们在一起的猫很聪明。"

听到这话，福尔摩斯得意地挺了挺胸脯。

"找我有事吗？"

"您这么忙，很抱歉打扰您。我哥检查下来有什么问题？"

"今天做了核磁共振，是吧？没什么问题。"

"是嘛。"晴美松了一口气，心想，也许是老哥做了噩梦。

她和福尔摩斯特地等医生空闲下来后才过来一问究竟。

"不过我们的磁共振仪器比较老旧，有一个细节部分的成像不是很清晰……但如果他并没有头疼或手脚发麻的症状，就基本上没问题。"

"是吗？"

"上级明明说过会尽早购买新的仪器。"医生敲着桌上的商品目录，"昨天我去了晴海①参加医疗器械展，带回来最新款的产品介绍，但标价高达数亿日元。"

"这么贵！"

"上级不舍得掏钱买贵的，但现在这台……厂商说了，最多能再用半年。"

"是吗？"晴美对医院的经营情况没有兴趣。

"打扰您了。"晴美道谢后起身离开。

她来到走廊上。

"老哥怎么回事嘛，害我白白担心。"

---

① 日语中的"晴美""晴海"读音相同，皆为"harumi"。

168

"喵——"

"是吧，福尔摩斯？我哥那些话怎么说得好像他命不久矣……"晴美耸耸肩，"他一定会长命百岁的。你也这么觉得，对吗？"

"喵！"

两人的意见完全一致。

"我们回家吧……要不，再去他病房瞧一眼？"

晴美嘴上虽然抱怨不断，但心里还是惦记着哥哥，反正去一趟不费事。她和福尔摩斯打开片山病房的门。

"乖，张嘴……"正在设法让片山张嘴、给他喂食晴美买来的便当的人居然是……

"充子！"

"晴美？片山先生说你已经回去了……"

"你还没走啊。"

"抱歉，打扰你们了。"

"我不是这个意思……"

听说须贝住在隔壁，晴美问道："但是……充子，你在做什么？"她又解释道，"我想问的是，你为什么喂我哥吃饭？"

"人家只是客气。"片山回答道。

"是吗？那么，不需要我和福尔摩斯来看你了吧？"晴美双手抱臂，"福尔摩斯，我们走。"

"喵——"

"连福尔摩斯都看不下去了。"

"别误会。"充子赶紧站起身。

"随她去吧。"片山说道，"比起晴美，你喂的更香。"

"片山先生……"

"哦，是吗？那对不起，打扰两位了！"晴美立刻转身离开，甩门的时候差点儿夹到福尔摩斯。

"片山先生，这样做好吗？晴美姐好像生气了。"充子担心地问道，"您还是让晴美姐喂吧。"

"你如果不愿意，我可以自己吃。"

"不是不愿意，但是……"

"算了，让她渐渐习惯没有我在她身边……"

"什么意思？"

"没什么，你别放在心上……我再多吃几口吧？"

"要喝茶吗？"

"好，谢谢。"

"您等一下，这杯茶已经不热了，我去重新泡一杯。"

"让你受累了。"

"没关系。"充子笑着说道，"能为您泡茶、喂饭，我很高兴。"说着快步走出病房。

病房里只剩下片山一个人，他叹着气，抬头看天花板。

他当然不想惹晴美生气，但……毕竟"只剩半年"。

必须让晴美在不经意间做好"没有哥哥的准备"。

其实他自己也不明白这和让充子喂饭有什么必然的关系。总之，现在的片山颇受打击，逻辑思维已混乱不堪。

"我这一辈子到底算什么？"片山喃喃自语。

回顾往昔，经历过很多事，遇到过很多人。最重要的应该是遇见了福尔摩斯。当然晴美另当别论。还有石津。认识石津之后，片山家的伙食费大幅上涨。片山自认为并不抠门，如果石津和晴美结婚，那倒也算了；但如果最后两人没能修成正果，真的很想把这些年的饭钱要回来。

然而"只剩半年"了。担心以后的事有什么用？

晴美非常独立、自主，就算没有我这个哥哥在身边，她也可以好好活下去。

福尔摩斯也是……那家伙一直很有个性。

石津应该会是哭得最惨的那个吧？不对，如果我死了，他就可以毫无顾忌地向晴美求婚了，反而会很高兴吧？也许还会说什么"前辈是个好人，但死了也没什么"。

晴美也许会觉得终于得到了自由。"哥哥活着的时候一直给我添麻烦，现在总算耳根清静了……"

是啊，我就是个大麻烦。

片山忍不住胡思乱想，越想越难受。

充子在茶水间泡好热茶，顺便洗了片山的饭碗。

在家里从不洗碗的她如今多少体会到一点儿为喜欢的人做事时的快乐。当然，她并不清楚自己是否真的喜欢片山。

也许只是朦胧的爱慕之情——但说实话，片山并不适合作为爱慕的对象。

与其说是心动，不如说是安心。对充子而言，片山就是这样令她放松的人。

"如果年龄再相近一些……"充子喃喃自语。

她刚打算走出茶水间，突然又转身躲进去。

出现在走廊上的是她母亲市川安伎。

安伎径直走过须贝的病房，然后停下脚步，掉头回来查看门上的名字。她似乎忘了是自己特地为须贝取了个假名住进来的。终于想起这个名字之后，她打开门走了进去。

"房间不错嘛。"安伎环视四周，"比我的卧房还大。"

一想到是自己出钱，她多少有些心疼，同时又觉得现在是她在"保护"着须贝，有一种满足感。

"但是……你打算在这儿住多久？"安伩看着熟睡的须贝，"难不成……你要在这里躺十年？"

安伩还得考虑自己的养老问题。就算须贝是充子的父亲，她也没有义务一直照顾下去。但现在已经让他住进来，总不能丢下不管……安伩对此多少有些后悔。

"也许可以转去便宜点儿的病房？"安伩嘟囔道。

突然，须贝睁开双眼。安伩见状大吃一惊，叫了起来。她以为须贝还处于昏迷状态。

"哎呀，吓了我一跳。你醒了？"安伩问道。

须贝看了安伩好一会儿，嗓音嘶哑地问道："你是谁？"

"啊？"

"那孩子去哪儿了？你知道吗？"

"那孩子？"

"弥生呀，我女儿弥生。"

安伩以为须贝梦见了他死去的女儿。

"她……走开一小会儿。"

"是吗？是去找男人了吧？"

"男人？"

"嗯，弥生在谈恋爱。她对那个男人很痴迷……那个才认识几天的男人比我这个养了她十几年的老爸更重要……养育子女，终究是白忙一场。"

"是啊。"

各种记忆交叠，须贝不禁百感交集。

安伎发现须贝不认得自己了，本想训斥他"太过分了吧？知不知道是谁在替你出住院费？"但又怕一旦唤起须贝的记忆，自己又会像先前那样被他骂个狗血淋头。

算了，就这样吧。

"弥生是个乖巧的孩子，对吧？"

"对。"安伎敷衍道。

"那么乖巧的孩子，你猜她说了什么？她对我这个父亲说：'你一点儿都不爱我。你只爱你自己。'过分吧？我辛辛苦苦把她从小拉扯大，她居然这么说我。"

"是啊。"

"弥生变了。自从认识了那个男人，她整个人都变了。她以前是那么乖、那么好的孩子……她以前明明是个好孩子……"

重复了好几遍，须贝闭上了眼睛，似乎又睡着了。

安伎悄悄地离开病床边。

包里的手机突然响了，安伎匆忙取出手机。

"喂？……哦，是玉木啊。"安伎悄悄打开门，朝走廊上看了看，"抱歉，我在医院。……没事，不被发现就没问题。"

来到走廊上，安伙在休息区找了张沙发坐下。

"你说什么？……对啊，我都拍下了，绝对纪实，你不觉得很有趣吗？"安伙说着说着表情骤变，"你说什么？等一下！你突然觉得有违伦理、为以前所做的一切感到后悔？这是你的自由。但你别忘了，你是收了钱的。这是纯粹的商业交易。"安伙自信地说道，"等一下！行！我知道了，现在过去找你。……啊？你在哪里？K酒店？……哦，是那两位的婚事啊……K酒店的哪里？1202房间？我现在就过去，你等我。"安伙不放心地又说一遍，"你等我过去哦！"

挂断电话，安伙烦躁地抱怨道："开什么玩笑！"说着，急匆匆地朝电梯方向走去。

须贝的隔壁——片山病房的门开了，充子探出脑袋。

"我妈嗓门大，刚才那种已经算是轻的。"

"怎么了？"片山下了床，和充子一起来到走廊上。

"玉木小姐，那个婚礼咨询师，我妈和她在电话里吵起来。"

"晴美刚才好像也提到她。"

"哦？"

"听口气，她们聊得好像很不愉快。"

"嗯，但是，该不会……"

"玉木令子之前一直贩卖消息给你妈妈，是吧？"

"嗯。"

"也许她良心发现，不想干了，你妈妈因此生气了。"

"看样子，玉木小姐可能想告发我妈交易个人信息。"

"那你妈妈肯定不同意。"

"虽说不算违法，但在伦理上确实会被骂。真让人担心。"

片山看了看充子："她刚才是说K酒店？"

"嗯，K酒店1202房间。"

片山犹豫道："要不，我们过去看看？"

"好！但是……"

"我没事的。"片上在睡衣外面套了件大衣，又从抽屉里取出钱包，"走吧。"

"好！"

充子挽着片山，蹦蹦跳跳地走出医院。

18　又见纸偶新娘

"阿嚏！"

"片山先生……您冷吗？"充子担心地问。

"没事，马上就到了。"

片山和充子走在高楼夹缝间的小道上，疾步赶去K酒店。

他们刚才坐在出租车上遇到道路施工导致的严重堵车，因不知要等多久，于是片山提议"走过去吧"。

其实并不远，步行最多二十分钟。

但楼宇之间本来就挟着强风，加上两边都是高楼，在这个北风呼啸的夜晚，片山身上只有睡衣加大衣，冻得瑟瑟发抖。

他后悔刚才没有多花几分钟加件衣服，现在为时已晚。

建议下车走过去的也是他，怨不得别人。

走快点儿就能暖和一点儿！

片山像在跑步似的，冲向K酒店，结果喘得上气不接下气，差点儿昏过去。

"片山先生！您振作些！"

"没事……马上就到了……"

两人互相鼓劲，一路小跑——当局者或许自以为很卖力，但在旁人看起来实在好笑。

终于进入K酒店暖和的大堂时，片山和充子都气喘吁吁了。

服务生担心地问道："您二位没事吧？"

"没事，没事。电梯在哪里？"

"在里面。"

"能搬过来吗？"

"啊？"

"开个玩笑。"

喘成这样了还能开玩笑，真够少见的。

两人好不容易"跋涉"（这个词其实一点儿都不夸张）进入电梯，打算直奔1202房间。

"是十二楼吧？"充子按下楼层键。

片山靠在电梯角落里说："真希望电梯里有把椅子。"

到达十二楼。

"该往哪边走……片山先生，您在这里等一下。"

走廊上挂着一张房间分布图，充子跑去确认。

片山在电梯口等着。从寒冷的室外突然进入暖和的室内，他的鼻腔大受刺激，忍不住不停地打喷嚏。

"阿嚏！阿嚏！"

简直像病症发作，片山连打了十几个喷嚏。

好不容易止住了，又感到喉咙刺痛，胸口胀痛，浑身无力，虚弱得不靠墙就根本站不住。

"片山先生！您还好吗？"充子跑回来。

"总算……还活着。"

从没听说过有谁是打喷嚏致死的。

"我知道房间在哪里了，这边走。"充子挽住片山的胳膊。

片山颤颤巍巍地跨出步子。

"说起来，玉木为什么要订房间？明明可以在大堂谈事情。"

"是啊。"

两人在1202门前停下脚步。

"门是开着的。"片山说道。

房门开了一条细缝——酒店的房门本该能自动关上，但似乎被什么东西挡着。

"片山先生……"充子说，"有一只鞋……"

因为被鞋子挡着，所以门关不上。

充子握着门把手，把门打开。

是一只女鞋。片山一边环视着熄了灯的房间一边提醒道："充子，你最好回走廊上待着。"

"但是……"

"我来开灯。"片山说着，摸到并按下电灯开关。

"这是什么？"充子问道。

和挡门的那只鞋成对的另一只鞋出现在离门很远的地板上。两张并排的标准床之间露出一双女人的腿。

倒在两张床之间。

"难道是我妈？"充子大惊。

片山移到能看清那人的位置后停下脚步。

"不是你妈妈。"

充子双手捂住胸口，松了一口气。

"是玉木小姐吗？"

"也不是她。充子，你先出去，用电梯口的内线电话打给前台。"片山说道，"请他们尽快派人来，同时报警。"

"好……不能用这个房间里的电话？"

"凶手也许用过。你出去的时候不要碰到门把手。"

鞋子挡着门，不碰到门把手也可以走出去。

"好……片山先生，那女人……"

"你还是别看了。"

但充子已经看到了。

被血染红的衣服，还有尸体上的纸偶新娘……

"哥，你来这里干什么？"

晴美一进入1202房间就立刻质问片山。

"机缘巧合。"片山只能这样回答。

"你好好地住着院，怎么会跑来凶案现场……"晴美停下脚步，"太残忍了！"

福尔摩斯来到晴美脚边。

"你也认识她吧？"

"嗯……是野口凉子。"

"你先前提过的……"

"玉木令子说要帮他们策划婚礼的那对新人，她是准新娘。"晴美蹲下身问道，"是那个纸偶？"

"嗯，放在尸体上的。"

"怎么会这样？为什么是她？"

片山摇摇头说道："订这个房间的人是玉木令子，市川安佽也说要过来。"

片山催促晴美走到房间外面。

鉴证科人员到达的时候，搜查工作已经开始。

片山告诉晴美，自己听到安佽打的那通电话，放心不下，就过来一看究竟。

"但是……"晴美还没说完。

"怎么回事？"近处响起一个熟悉的声音。

"科长……"

"你不是在住院吗？跑来这里干什么？"栗原板着脸，"警方开始调查了。你快点儿回医院去。晴美，快把你哥带走！"

"好。对不起。"

"等一下，还有那个女孩。"

"充子？她也一起来了？"

"她应该在楼下大堂等着。"片山说道。

"让我过去！"不远处传来一个高分贝声音。

"这声音是……"晴美说，"是她吧，哥？"

"是她。"

"我们约好的！"市川安伎推搡着阻止她进入现场的警察。

"哟！"安伎看到片山兄妹后停下了脚步，"怎么回事？我约了玉木在1202房间见面。"

"您是刚到吗？"片山问。

"是啊。"

"但您早该到了……"

"我也想早到，但半路上接到一通电话，我只能先去忙别的，就来晚了。"安伎说道，"你怎么知道我早该到了？"

片山不知该如何回答。

"到底出了什么事？"安伢看着外面的警察，一脸不解。

晴美和福尔摩斯一起来到酒店大堂寻找市川充子。

"到底去哪儿了？"晴美找遍整个大堂，叹着气说，"累死了！"看见一张空着的沙发便坐了下去。

"福尔摩斯，我在这儿歇会儿，你去找吧。"

"喵——"福尔摩斯不满地叫了一声。

"福尔摩斯！"

晴美在背靠背的另一张沙发上瞥见充子的脸。

"你在这儿啊！害我们找那么久。"

"对不起，"充子不安地说道，"我刚才在想事情。"

"过会儿媒体来了会很吵的。和我哥一起走吧，我哥在地下车库等着呢。"

"好。对了，我妈……"

"她刚到，说是半路上又去了别的地方。"

"搞什么嘛……害我白白担心。"充子懊恼地说。

"走吧。"晴美催促道。

"好。"充子和晴美一起朝电梯走去。

"片山先生大衣里面只穿了件睡衣，他一定很冷。"

"栗原科长把车钥匙给了他。他也真是的，这么冷的天，只穿这么点儿。"晴美苦笑道。

来到停车场，晴美喊了几声："哥？你在哪儿？"

四下响起回声。

过了一小会儿。

"哎！在这里呢。"片山从车里伸出手挥了挥。

"快走吧，媒体马上要来了。"晴美说着坐上副驾驶座。

"可以和我坐在一起吗？"充子抱着福尔摩斯坐在后排。

片山发动引擎。

"都坐好了？"

"嗯。你行吗，只穿这身儿？"

"放心吧。"片山发动车辆，"我开得慢点儿哦。"

"为什么？"

"这样……比较安全。"

片山一边说着似是而非的话，一边把车子开出了停车场。

出口处是一段长长的上坡路，车子重重地颠了一下。

"呀！"

晴美皱起眉头："刚才是福尔摩斯在叫？"

"不是。"充子摇摇头，"你也听到了？"

"嗯。"

"是你们的错觉吧。"片山说着，继续开车。

迎面驶过来好几辆电视台的车子。

"到底是谁杀了她？"充子问道。

"据说那位婚礼咨询师玉木令子失踪了。"晴美说。

"凶手会是玉木令子吗？"

"不知道，但目前肯定会首先怀疑她。"

"喵——"福尔摩斯叫了一声。

晴美朝福尔摩斯看了看："福尔摩斯有话要说。"

"福尔摩斯好像很焦躁。"

"喵——"

福尔摩斯又叫了两三声，然后窝在座位上不动了。

片山说："如果玉木是凶手，她为什么要在那里行凶？房间是她订的。她逃走了，警方肯定首先怀疑她。"

"市川安安晚到，反而得救了。"晴美说。

"嗯……"充子含混地嘟哝了一声，将视线转向车子正在驶过的、夜晚的街道。

19　病态的灵魂

"好冷!"站在病房门口,片山对充子说,"你去休息吧。"

"谢谢。"充子对福尔摩斯挥挥手,"晚安,福尔摩斯。"然后走进须贝的病房。

"你再让充子喂你吃饭呀。"晴子边调侃边走进片山的病房,"怎么了嘛?"

片山脱下外套,又马上披上。

"哥……"

"嘘——跟我来。"

片山走出病房,轻轻地把门关上。

晴美好奇地和福尔摩斯跟在后面。

片山来到医院外,急冲冲地找到刚才那辆车,打开后备厢。

"没事了。"

缩在后备厢里气喘吁吁的竟然是玉木令子。

"抱歉了,"玉木做了几个深呼吸,"电影里经常看到躲在后备厢里的情节,没想到这么辛苦……"

玉木令子被片山拽着,好不容易从后备厢里爬了出来。

"我的骨头都快散架了。"

"真会玩儿。"晴美苦笑道,"刚才为什么不让她坐前面?"

"是我主动要求躲在后备厢里的。"

"为什么?"

"如果只有你们兄妹俩……但充子也在。"

"进屋再说吧。"片山催促道。

进入医院大楼,玉木尽量避人耳目地走入片山的病房。

"谢谢。"坐到沙发上,玉木令子长长地舒了一口气。

"到底怎么回事?"晴美问。

"我……太害怕了……就逃了出来。"

"害怕?"

"野口凉子在那个房间里被杀了,凶手还在她身上放了纸偶新娘……"玉木令子边说边战抖。

"不是你干的吧?"

听到晴美这句话,玉木令子顿时脸色煞白:"果然都把我当作凶手了……啊!真受不了!"玉木双手掩面。

"你冷静点儿,没人说你一定是凶手。"片山说道。

"是啊,一般而言,没人会在自己订的房间里杀人。"晴美说,"但是你逃走了,就肯定会被怀疑。"

"我知道……"

"你是太害怕了才逃走的，我懂。"片山问道，"但你为什么要订那间客房？"

"不是我要订，"令子回答，"是野口凉子拜托我的。"

"门卡给你。"令子把门卡交给酒店咖啡座上的野口凉子。

"谢谢您，"凉子脸上泛起红晕，"用自己的名字不方便。"

"别客气，这么小的事而已，"令子说，"我也想为你俩多做点儿事。"

"谢谢。"

令子喝了口咖啡。

"博士先生能顺利出来吗？"

"应该能。但万一被他妈妈发现，估计会把整个东京的酒店电话都打一遍。"

"肯定会。这里是用我的名字订的，就算她打来也查不到。"

"我们其实不想用假名字订房间，感觉偷偷摸摸的，像做贼似的。"

"好好享受今晚。莫非……这是你们的第一次？"

"嗯。"凉子垂下双眼，"万一被他妈妈知道……"

"那有什么！所以今晚对你们而言意义不一般啊。"令子说，"我也要作个了断，和市川安伎彻底断交。"

"那个人做得太过分了，一天到晚盯着别人的不幸……虽说这是她的工作。"

令子决定立刻给安伎打电话。

"你还要在这里待一会儿吧？"令子对凉子说完，走出咖啡座，用酒店大堂的公用电话打给市川安伎。

"我和充子听到了你俩的那通电话。"片山说道，"你在电话里叫安伎去那个房间见面。"

"是的。"令子点点头，"我猜安伎到了之后一定会大吵大闹。如果约她在酒店大堂或咖啡座……我因为工作关系，经常需要进出酒店，不想在公共场合和她撕破脸。"

"所以决定去房间里聊？"

"是的。凉子和博士约在咖啡座，见面后会先去吃饭，中间大约有一个小时。"

"原来如此……但是安伎迟迟没到。"

"是啊。我一直没等到她，想去走廊上看看。但一个没留神，门自动关上了，房卡却还在房间里。我就这样被关在了门外。"

"然后呢？"

"没办法，我只能去前台说把房卡忘在房间里……工作人员说像我这样的客人并不少，然后跟着我回到房间门口为我开了门。可我刚进门……"令子浑身发抖，"看到凉子倒在地上！"

"那么她是在你离开后的几分钟内就遇害了？但她应该没有门卡吧？"晴美问道。

"我真的什么都不知道，脑子里一片混乱……但有一点，我很清楚，野口凉子、须贝弥生和浅井启子都是我的客户。"

片山惊愕不已。

"浅井启子也是？……对了，你是婚礼咨询师！我之前居然没留意到这一点。"

"她们仨遇害，都会怀疑到我头上吧……一想到这里，我就害怕得逃了出来。"

片山和晴美面面相觑。

"我很理解你的心情，但你这样逃走，只会加重嫌疑。"片山说道。

这时福尔摩斯朝门口方向看去，"喵——"地叫了一声。

"谁？"

晴美起身开门一看，外面站着好几位警察。

"你们……"

"玉木令子在里面吧？有人报警说她在这里。"

一听到这话，玉木令子顿时脸色煞白，双手掩面："警察来抓我了，全完了！"

"冷静点儿。应该不是。"片山安慰道。

"不要！"令子猛地从沙发上跳起来，推倒片山冲向门口。

情况过于突然，门口的警察下意识地后退了几步。

"等一下！"

"等一下，令子！"

晴美也跟着叫道，但令子已经冲到了走廊上。

"哥！"

"快点儿联系一楼，让他们拦住她。"

片山一边起身一边指挥。

"外面好吵啊。"病床上的须贝说道。

"还好吧……是不是有患者突然病情恶化？"充子说着关上门，"爸，您好好躺着。"

"总不能一直躺着。"须贝唉声叹气，"弥生，你是不是希望我长眠不醒？"

充子听得一头雾水："您说什么呀？"

"你今天晚上又去见了那个男人，对不对？"

"什么男人？……您说片山先生？是啊，但那是因为正事，仅此而已。"充子来到须贝床前，"您需要什么吗？"

"什么都不需要。你不用来照顾我了，反正我活不长了。"

"干吗突然这么说？"

"没……没事。"

须贝一副昏昏欲睡的样子。

充子决定暂时什么都不说，她怕须贝清醒过来又要埋怨。

被当成他已经死去的女儿，对充子而言一点儿都不好玩。

难道他原本就是爱抱怨的人？

不对……不是一般的抱怨。充子从话语中感觉到了怨恨。

充子坐到椅子上。

还是回家算了。

但是……但是现在的充子连这一点都做不到了。

她无处可去。

以前，由于母亲的缘故，她只能做"市川安伩的女儿"。她对那样的自己非常不满，这种想法把她逼得喘不过来气。

充子陷入沉思，呆呆地盯着地面。此时的须贝并没有入睡，而是眯着眼睛，一直看着充子……

"她好像没去一楼。"警员报告。

片山、晴美和福尔摩斯来到病房所在楼层的护士站。

"如果她不是想逃呢？"晴美问。

"那么是什么？"

"玉木令子快被逼疯了。其实并没有人要逮捕她，但她以为自己会被抓。"

"莫非……"片山灵光一闪，"我怎么没想到……楼顶？"

"去看看。"

片山一行冲向电梯。

等电梯的时候，他们突然听到一阵"噔噔噔——"急促的脚步声。

"六楼，在六楼！"护士们跑了过来。

"怎么了？"

"有个女人冲进了608病房。"

"608？我们走楼梯！"片山一行奔去楼梯口。

"608……608……"他们边跑边确认门上的号码。

"是这间！"晴美说道。

片山轻轻地把门打开。病人们纷纷起身，面面相觑。

"刚才有人来过吗？"片山问，"是一个女人。"

众人默默地指着正对门口的窗户。

"啊……难道她跳下去了？"晴美说道。

"我去看看。"片山惴惴地走到窗前朝下张望。

如果真的从六楼跳下去，肯定没救了。

片山惶恐地朝下看去。

"怎么样？"

"没人。"

"没人？但是……"

"你自己来看。"

换晴美来到窗口确认。

"确实没人。"晴美摇摇头，"但从这里下去能去哪里？"

晴美一时没了主意。

"怎么了？"

"找到了！"

"我怎么看不见。"

"不在下面，在旁边。"晴美说。

"哪里？"

晴美稍稍后退，让出位置："你朝左看！"

"左？"

片山把脑袋探出窗户朝左看。

真的，玉木令子就在那里。

但她到底是怎么去到那种地方的？

窗外没有阳台，只有十几厘米宽的外檐。玉木令子已经走到两间病房之间的位置。

"真有本事……"晴美说道。

估计玉木以为警察要抓她,一时慌神,稀里糊涂逃到那里。

此刻,玉木令子正张开双臂贴着外墙一动不动地站着。

"令子小姐!"晴美叫道,"听得见吗?"

令子慢慢转过脸。

"你要冷静。没有人要抓你,放心!"晴美安慰道,"没事了,快回来!"

但令子仍一动不动。

"令子小姐,你听得见我说话吗?"晴美反复呼唤。

令子微微点头。

"估计她自己都不知道怎么就跑到那种地方去了。"晴美对片山说,"看她的样子,撑不了多久就会掉下去。我去求援。"

"好。"

"得叫消防队来……需要云梯,还要在下面铺张网……哥,你在这儿守着。"晴美说道,"就算不盯着,也至少让她知道你在这儿。"

"好。"

片山有恐高症——要是让他探出上半身和玉木令子说话,

他肯定自己先眩晕，掉下去。

晴美跑出病房，冲向六楼的护士台。

片山被留在病房里……

又不能无所作为，毕竟病房里的所有病人都在看着他。

无奈，片山只能把脑袋伸出窗外。

"呃……我说……"片山吐出这几个字，再也说不出话来。

并非是他身处险境，仅仅看着别人位于高处就让他腿脚发软了。这算是标准的恐高症吧！

玉木令子的情况已然千钧一发。

片山看到她的脸因汗水而发光、发亮，贴着建筑物外墙的手脚在微微战抖。

晴美联系了消防局，请他们立刻过来救人，但对方回复说最快也得十五到二十分钟才能作好准备。

以令子目前的状态来看，她肯定撑不了那么久。

坚持住！会有办法的！片山暗自鼓励着……

"喵——"

福尔摩斯在他脚下叫了一声。

"福尔摩斯……"

"喵——"

"我知道，你在说：别勉强。"

片山觉得福尔摩斯是这个意思，但这也许只是他自以为是。

"片山先生……"

他听见令子的声音。

他朝窗外探出脑袋："坚持住！"尽可能地鼓励对方，"马上会有人来救你的。"

"我……快不行了。"令子的声音在颤抖。

"别这么说……"

"片山先生，请相信我！真的不是我干的，我不是凶手！"

"我知道。你别乱动，放轻松。"片山其实知道令子现在根本做不到，但此刻他只能这样说。

"片山先生……请告诉大家……我不想死在这里……"

"坚持住！再坚持一会儿！"片山嘴上这么说，却连手都不敢伸出去。

混蛋！我太没用了！

片山咬牙切齿。

"等一下……"

我怎么忘了！我只剩半年了！

所以……就算没死在这里，我最多也只剩半年了！

片山一鼓作气爬出窗口，看着正下方令人晕眩的高度。

然而当他对自己说出"只剩半年"之后，那份不寒而栗的恐惧感居然一下子烟消云散。

现在的感觉确实算不上舒服，但和"在安全的条件下感受心跳刺激"的云霄飞车相比，并无太大差别。

没错，如果死在这里，就不用饱受病痛的折磨了，反而可以死得轻松。凭靠着这些念头，片山下定决心：无论如何都要救出玉木令子。

令子紧张到了极限，身体僵硬，情况十分危险。

"片山先生……"令子闭上双眼。

"玉木小姐！玉木小姐！快把眼睛睁开！"

令子胆战心惊，缓缓睁开眼，不由得瞪大双眼大叫一声："片山先生！"

不远处传来警笛声。

晴美口中反复念叨着："快点儿！快点儿！"

风很大，她只希望玉木令子能坚持住。

晴美跑到医院外面。

来的确实是消防车。

"一定要再坚持一下！"晴美说着，朝六楼看了一眼，当场瞠目结舌，"哥？"

怎么可能！但确实是……

198

晴美震惊地看着六楼窗外那道奇幻光景。

片山居然爬到了窗外，正站在那条仅有十几厘米宽的外檐上，单手抓着从窗口伸出的绳子，一点儿一点儿前行。

他是怎么做到的？这是我哥吗？

晴美看着片山一点儿一点儿靠近令子。

"来吧！"片山说道，"把这个从头上套下去。"

片山是攀着结实的消防水管爬出来的。

一位得力的护士帮忙扎了个绳圈，只要令子套住这个绳圈，即使她松手往下掉也不用担心。

"片山先生……"

"等一下，我现在过去。"

片山离窗口越来越远，即将走到令子的身边。

他抬起手用绳圈套住令子。

"没事了。抓住我的手！"

片山一把抓住手心全是汗的令子。

"一点儿一点儿来。对，不用着急，慢慢地……"

片山像在舞会上请女孩跳舞，慢慢引导令子往窗口走回来。

一路上有好几次险些踩空。

终于，两人回到病房的窗边，一起翻进来。

病人们齐齐鼓掌。

楼下的晴美也长长地舒了一口气。

"抱歉，没事了，你们可以收队了。"晴美向消防员道歉。

"真勇敢！"

"真想请他加入我们救援队！"

消防队员们对片山的英勇行为佩服不已。

20　花烛之日

"恭喜，恭喜！"

婚礼的男司仪说道。

"请多关照。"晴美笑着致意，"我们是第一次当证婚人。"

"是吗？一点儿都看不出来！你们落落大方，非常得体。"

"谢谢。我们应该去哪里等？"

"我来带路。这边请。"

"走吧，亲爱的。"晴美催促哥哥。

晴美穿着黑留袖，看起来端庄、成熟。

一身燕尾服的片山看起来完全配不上晴美。

两人加上福尔摩斯，一共三位，穿过灯火通明的酒店大堂，走向有田拓士和矢川清美的婚礼会场。

"片山先生！"

穿着可爱连衣裙的堀田留美跑过来。

"嘿！"

"哈哈哈，怎么看都像一只企鹅嘛。"

"你快别说了。"片山苦笑道。

"我跟你们一起过去，可以吗？"

"就算我说不行，你也肯定会跟来。"

片山一行来到休息室，稍微喘了口气。

"致辞的稿子，你拿好了吧？"晴美说。

"当然。"

"别紧张哦。"

"我知道。这是一辈子只有一次的大事。"

"那可不一定。等你结了婚，也许有很多机会做证婚人。"

"我如果不能和片山先生结婚，就请他做我的证婚人。"留美说，"我去看新娘！"说着，蹦蹦跳跳地跑出去。

"真有活力。"

"嗯……对了，晴美。"

"什么事？"

"我都知道了，你别瞒我了。"

"瞒什么？"

"我只能再活半年。"

晴美听得呆住了。

"哥，那是……"晴美笑得完全停不下来。

片山气呼呼地说道："你笑什么！"

"他们说的是核磁共振仪！"

"什么意思？"

"医生说仪器太陈旧了，生产商认为最多只能再使用半年，但由于预算不够，上级不肯买新的。"

片山又惊又喜，一时说不出话来。

"真的？"

"我骗你做什么？"

"喵——"

"福尔摩斯都笑话你了。"

"那……我不会死？"

"还要活很久呢。"

片山回想起那天夜里自己从六楼的窗户爬出去救玉木令子。

"哥，你怎么了？脸色怎么突然发白了？"

"没事，有点儿紧张。"片山站起身，"我去趟洗手间。"

片山走出休息室，一屁股坐到酒店大堂的沙发上——那时候的冷汗加上现在的冷汗，一道往外冒。

"嘿，片山！"

穿着双排扣西装的栗原走过来。

"科长好。"

"你给我好好表现！"

"遵命……"

　　栗原环视酒店大堂："已经派了便衣值守。这阵子，石津一直在保护那小两口，今天要让他多吃点儿好吃的。"

　　"谢谢您。"片山看了看手表，"但是……如果能在婚礼前把案子侦破就更好了。"

　　"是啊，不过没办法。不可能所有的事都如意，结婚对象也一样。"栗原的语气好像哲学家。

　　"片山先生！"有人叫了一声。

　　长田幸子推着蛋糕车朝他们走来。

　　"您好。"

　　"恭喜，恭喜。好帅啊。"

　　"谢谢……"片山有些害羞。

　　"今天请尽情享用。"幸子打开蛋糕盒盖，里面摆满一块块精美的蛋糕。

　　"哇，真漂亮！"

　　"我已经和酒店方面说好了，他们会在甜品时间提供这些蛋糕。您一定要尝尝。"

　　"谢谢，一定。"片山说，"估计吃完会胖不少。"

　　"对不起！"

　　兴高采烈的留美在大堂里不小心撞到一个穿西装的男

人，她赶紧道歉。

"啊！"

"留美！"

居然是中原。

两人沉默着，站了好一会儿。

"你今天来参加婚礼？"留美问。

"是。你也是？"

"对，但不是我的婚礼。"留美说。

"我来参加同事的婚礼。"

"要作为代表发言吗？"

"他们说不发言的话，唱歌也行。"

"别……你五音不全。"

"是哦。"中原笑了一下，一脸认真，"留美，对不起。"

"我只记住那些值得记住的东西。再见！"

她转身跑开，中原久久地望着她的背影……

"嘿，好久不见。"

中原回头一看："哦，你是蛋糕店的……"

"您今天也是来参加婚礼？"长田幸子问道。

"今天是我同事结婚。"中原说，"真不好意思。"

"您要不要来块蛋糕？"

"蛋糕？"

"是婚礼上预订的甜品。我担心在运送的过程中可能会导致一些蛋糕变形，就多准备了几块。"

"但我一个人吃有点儿……"中原突然改口问道，"留美也会吃吗？"

"会啊。"

"那……我偷偷藏一块，上甜品的时候拿出来吃。"

"好。我用餐巾给您包起来放在桌上，别人看不出来。"

"那就谢谢了……"

"请一定品尝。"

"谢谢。"中原捧着用餐巾包好的蛋糕，像捧着一件易碎品，朝婚礼会场走去……

婚礼进行曲正在播放。

大家热烈鼓掌。

证婚人致辞。

终于，都完成了！

新人更换礼服。

朋友们发言，唱歌，跳舞，器乐演奏……

两个小时的婚礼好像永远那么久，又好像一眨眼那么短暂。

"终于快结束了。"片山叹口气。

"我也觉得好辛苦……"穿不惯和服的晴美苦不堪言。

新郎新娘正和朋友们忙着拍照，一个个兴奋得很。

"福尔摩斯，你吃饱了吗？"

晴美对桌子下方认真吃饭的福尔摩斯说道。

"喵——"福尔摩斯一脸满足的模样。

石津那边，上来一盘就被吃光一盘。

"该上甜品了。"晴美看着盛有蛋糕和冰激凌的盘子说，"是长田那家店的蛋糕哦。福尔摩斯，你也尝一口吧？"

"喵——"

"我给你盛一点儿。"

晴美切下半块蛋糕，装在福尔摩斯的盘子里。

"看起来很好吃。"片山先尝了一口冰激凌。

"她们店里真够辛苦的，要准备这么多份蛋糕。"

晴美正打算用叉子叉一口蛋糕放进嘴里……

"喵！"

福尔摩斯尖叫一声，紧接着蹿上桌子撞掉晴美手里的叉子。

"福尔摩斯，你干什么！"

福尔摩斯在桌上窜来窜去，把新郎新娘的盘子全踹翻。

片山等人看得目瞪口呆。

突然，宴会厅的门开了，一个男人跌跌撞撞地走进来。

是中原。

"留美！"他声音嘶哑，拼命叫喊，"留美！别吃蛋糕！"

"中原……"留美从座位上站起来，手里还拿着叉子——上面有一小块蛋糕。

中原看到她，双膝跪地拼命大喊："别放进嘴里！不能吃！"

"中原！"留美扔掉叉子冲向中原。

"这蛋糕……"片山倒吸一口冷气，立刻站上桌子朝众人大喊，"别吃蛋糕！"

"片山！怎么回事？"栗原吃惊地问道。

"科长！蛋糕有毒！"

"什么？！"

"别吃蛋糕！"片山再次大喊，"石津！你没事吧？"

"还好我打算留到最后吃。"石津吓得脸色惨白，"需要我也吼一声吗？"

"好，你来喊！我的嗓子喊哑了。"

石津起身放声大吼："不许吃蛋糕！"

所有人都乖乖地听话。

"哥！中原他……"晴美也站了起来。

"快叫救护车！找医生！"

片山赶紧跑到倒地不起的中原身边。

留美抱住中原的头："振作点儿！"她大叫，"你不能死！"

中原满脸通红，身体发抖，呻吟着："你别吃蛋糕……"

"我没吃！我没事！"留美喊说，"你不能死……不能死！"

中原的身子突然一挺，不再动弹了。

片山单膝跪地，手搭在中原的腕上，"不行了，"他摇摇头，"没有脉搏了。"

留美扑到中原怀里放声大哭。

片山起身朝晴美看看。

"这蛋糕是……"晴美喃喃道，"怎么会这样……凶手是长田幸子？"

长田幸子坐在酒店大堂角落里的沙发上，模样像是睡着了。

感觉到片山走近，她缓缓睁开眼："看样子，我失败了。"她说，"但这样也好。"

"纸偶新娘案的真凶是你吧？"晴美说道，"玉木常去你店里和客户商量婚礼事宜，你都看在眼里……"

"是的。"

"为什么那样做？"

幸子深深地呼了口气："我无法放过那些即将幸福结婚的女人。而且一旦结了婚，她们迟早会幻灭，还不如在结婚前最幸福的时候杀了她们……"

"你为什么这么憎恨婚姻？你不是有个好丈夫吗？"

"你看看这个……"幸子从围裙兜里掏出一部数码相机。

"这是……"

"浅井启子的相机。我看到她在店里拍摄……画面中有我的丈夫。你看这段……"

长田先生出现在相机屏幕里。

他完全没发现自己被偷拍，表情与那个慈眉善目、温柔体贴的好丈夫判若两人。

眼神极为冷酷，嘴角尽显刻薄。

"原来您和丈夫一点儿都不幸福。"晴美说道。

幸子默默地摘下围裙，解开衬衫纽扣，露出肌肤。

片山和晴美都惊呆了。

皮肤上到处是伤疤和瘀青。

"他在外面一直装成好好先生，但一到家里就怪我对客人抛媚眼、献殷勤，每晚都对我拳打脚踢……不是因为嫉妒，他并不爱我，只是随便找个打我的理由……"幸子笑着说道，"但是今天，一切都结束了。我下定决心要作个了结。我丈夫今天休息在家，应该正在吃那块蛋糕。"

"你也给他下毒了？"

"是的。给我丈夫的那块蛋糕里，毒下得特别多，绝对不会失手。给大家的那些蛋糕里其实只有两块有毒，如果正好被新郎新娘吃到就好了，但这真的看运气。"

"那么中原……"

"没错。毒药的总量不多，除了给我丈夫的那块，只有四块蛋糕有毒。一块给了中原，他糟蹋了年轻女孩，应该遭报应。"

"另外两块送去了婚宴会场，还有一块呢？"

"虽然不会立刻毒发身亡，但似乎……快了。"

"幸子小姐！"

"石津！快叫救护车！"片山大叫。

"不用了……"幸子舒了一口气，"这一刻迟早会来。"她喃喃地说完这句话，仿佛睡着似的闭上眼。

尾 声

上完香走出来，留美看见片山正靠在车门上等着。她擦了擦眼泪问道："您在等我？"

"嗯，送你去车站吧。"

"谢谢。你们呢？"

"待会儿去医院结算住院费。"

"我可以和你们一起去吗？"

留美坐在后排，和晴美及福尔摩斯一起。

留美来参加中原的哀悼会。

"他为了救你，特地从其他婚礼会场跑到我们那里，从毒药的剂量来看，他能做到那样，简直令人难以置信。"车子开始行驶后，晴美说道。

"他终究是良心未泯。"

"是啊。因为你，他也变得善良了。"

"喵——"福尔摩斯表示同意。

今天风和日丽。

穿着黑色连衣裙的留美看起来好像成熟女性。

"说起来，那个幸子也是可怜人。"留美说，"当然，我不是说她杀人是对的，但我真的没法恨她。"

"你能这么想，挺好。"片山说道，"所谓恨罪不恨人。"

幸子的丈夫长田登在家中吃完蛋糕，面部扭曲，毒发身亡。

"草刈圆的案子是怎么回事？"留美问。

"砍伤她未婚夫的是她前夫。"晴美说。

"和幸子没关系？"

"估计她想过杀草刈圆，才会带着纸偶新娘，假装办公事，去了那家酒店。但在休息室门外听了草刈圆和未婚夫的谈话，得知两人只是假结婚，于是打消了行凶的念头。但就在那时，她遗落了纸偶新娘。"

"是那个叫吉田的清洁工捡到后放到休息室桌上的？"

"吉田目击到幸子从休息室门口离开，后来在酒店大堂遇到幸子时还问过她关于纸偶的事。吉田的同事当时曾看到她俩说了话。"

"所以吉田其实不知道纸偶和凶案有关联？"

"对，她平时不大看电视。当幸子想回到现场拿回纸偶的时候，草刈圆的前夫抢先一步制造了那起伤人事件。"

"幸子看到片山找吉田问话，一定很心慌，但她其实真的不必杀吉田。"留美总结道。

"快到医院了。"片山说。

车速渐渐放缓。

"那么，野口凉子呢？"留美问。

"这个啊，我们打算去问一下充子。"片山说，"我们去须贝浩吉的病房吧。"

片山说着，把车停在了医院门前。

"弥生，你去哪儿？"躺在病床上的须贝问道。

"回家。"充子说，"我妈在等我。"

"不许去！你是我的！"

"爸，我是充子，不是弥生。况且子女不是父母的附属品。"充子斩钉截铁地说完，准备走出病房。

"不许走！"须贝的声音响亮得与先前判若两人。

充子回头一看，须贝已下了床，右手拿着一把明晃晃的手术刀，面目狰狞。

"你要干什么？"

"与其便宜别人，不如我杀了你。"

"住手！"

"我杀过你一次，是在梦里吧，把弥生从高崖上推了下去。"

充子震惊了。

"是你？你杀了亲生女儿？"

"她不是好女儿！她骗我，还和男人过夜！我都知道，有好心人都告诉我了。"

须贝拿着手术刀朝充子步步逼近。此时，两人离门口还有一点儿距离。

充子猛地想冲出去，须贝却单手挡住她的去路，动作之快，完全不像是病人。

"住手！你怎么可以……"

"晚了！"须贝扬起手术刀。

就在这时，门开了，安伎走进来。

"妈！危险！"充子大叫，"快逃！"

一看来的是安伎，须贝更加凶神恶煞，大叫道："来得正好！我要杀了你！"说着举起手术刀刺向安伎。

"住手！"充子从背后抱住须贝。

"滚开！"须贝用力一甩，将充子推倒在地。

"充子！"安伎赶紧奔到充子身边护住她。

"妈——"

须贝举起手术刀刺向母女俩。

安伎将充子挡在身后，直面须贝。

说时迟那时快，眼看刀尖即将刺中安伎——

一个茶色物体飞扑到须贝脸上。

"福尔摩斯！"充子叫道。

须贝捂着脸叫疼。

"看招！"

片山飞奔过来，朝须贝脸上猛击一拳。须贝应声倒地。

"得救了！"安佽松了口气，"片山，谢谢你。"

"不用谢……不过，这哪是病人？力气这么大！"

充子站起身。

"是他杀了他女儿！"

"什么？"

晴美抱起福尔摩斯。

"干得漂亮！……所以，弥生是被他杀的？"

"好像有人给须贝灌输了可怕的思想。"

"是吗？也许是长田幸子看穿并利用了须贝的心态，自己没动手，只是去现场放下纸偶。"

安佽抱住充子的肩膀："他以前不是这样的。"

"我看见你从1202房间出来。"充子说。

"啊？"

"片山先生还在电梯里的时候，我看见你偷偷地从那个房间里逃出来。"

"我当时还在想是谁来了,原来是你。"

"嗯,我以为你是凶手。"

"当然不是。我到的时候门开着,朝里一看……看到尸体,我吓得马上溜出来。"安伢说。

"玉木令子以为她把门卡忘在了房间里,但我觉得其实是她去前台的路上掉在了走廊上。"片山说,"后来野口凉子来了,捡到门卡进了屋。"

"她和未婚夫约好很快见面,有人敲门她就立刻开门了。"

"没想到来的是长田幸子。"片山点点头,"杀人后,幸子立刻离开。玉木令子回到房间看见了尸体,吓得赶紧逃走。"

"随后我到了那里。"安伢说。

"太好了,你不是凶手。"

"你怎么会以为我杀了人?"

"为了素材……"

安伢难以置信:"我是这么过分的人吗?"

"这样吧,"片山打圆场,"这里交给我,你们两位请便,要吵要打都可以。"

"喵——"福尔摩斯笑了。

安伢和充子走出医院。

这个午后,晴空万里。

"妈……"

"什么？"

"以后别再把我当作商品了，我的人生是我自己的。"

安伎盯着充子看了好一会儿。"好。"她点点头，"你是你自己的。"

两人笑着并肩同行。

充子回头朝医院方向看了一眼。

"啊，是福尔摩斯。"

福尔摩斯正坐在医院门口。

像是在目送两人，又像是在晒太阳。

充子挥挥手。福尔摩斯犯困似的，慢慢眯起了眼睛。

2001年4月由"河童小说"（光文社）首次出版

解　说

辻真先

作为报社记者，每天都见到很多人，听说很多事。在工作上，我会尽量侧耳倾听，但我不是圣德太子，只是个普通人，经常会觉得"这件事好难，没法判断"。

每当这时，让我一团糨糊般的脑子得以纾解、释然的，就是那一声"喵——"。

比如，我认识一只会说日语的猫。

那只猫正在上小学，性别为男，拥有日本户籍，户口簿上有名有姓。

那次去水族馆的时候，我们聊了天。

——我每天早睡早起。

——哦。你几点睡？几点起？

——晚上九点半睡，早上七点半起。

换言之，他每天睡足十小时。他说的早睡，我可以理解，但不觉得他早起。不过，这是一种受制于"城市人睡眠时间"统计数据所形成的成年人先入为主的判断。

他的身份是"六年级小学生"，走路的时候蹿上蹿下。稍有些事情弄不明白，他就一脸不悦地扭头看别处。走路时闲庭信步，每天吃饱睡足，醒来时转动眼珠。他的脾气很好。他的价值观基于"恶意是什么"。每次和他对话过后，我脑袋里那些乱成一团麻的问题都会迎刃而解。

我觉得他和福尔摩斯一样。

赤川次郎总能借助少年少女静谧的视线，鲜明地描绘出与成人社会的某种对峙。

《纸偶新娘》讲述的正是这样一个故事。

开篇就有一位新娘遇害。

被害人浅井启子二十六岁，白领女性。第二天要去夏威夷与相恋三年的男朋友举行婚礼，然而这天夜里，在回家路上被刺死。血泊中的尸体上摆放着一只高十几厘米、纸折的新娘人偶！第二天，同样的人偶出现在刚刚举行完结婚消息发布会的女演员草刈圆的休息室里——她也遭到不明身份者的袭击。

之后又发生了第二、第三起凶案。警视厅的刑警片山义太郎和妹妹晴美，还有他们的同居者三色猫，一起解开纸偶新娘谋杀案的层层谜团。

什么是纸偶新娘？

无论抵达终点之后会怎样，结婚都是一个重大的人生转折点。婚礼上活着的（这个说法给人什么样的感觉？）新娘一会儿哭，一会儿笑，大多表情丰富。纸折的新娘却面无表情。当然啦，因为折纸的新娘没有感情。

吃惊的时候张大嘴巴，高兴的时候露齿大笑（或喜极而泣），难过的时候痛哭流泪（或反而大笑）。所谓表情，就是这样。

然而，人这种生物，在长大的过程中，幼年时期的丰富表情会逐渐消失。

因为人是一种把大量信息集中到大脑的生物——我们的大脑好像一台积累着大量知识和经验的超级电脑，不断处理信息、积累数据、进行分类。即使第一次听闻的时候感到吃惊，第二次便不会那么讶异了。第三次、第四次……时间久了，次数多了，大脑和身体都会僵化，对新的事物无法作出灵活的判断。

无法处理新事物的困窘将会造成持续的沮丧，表情也就日益麻木了。

"可以。我已经高一了，不喜欢别人叫我小充。"

这是在本书中登场的高一女生市川充子的台词。站在孩子与大人的边界线上，她已经开始有了自我的判断。

当然，很多时候她会觉得很难判断，脸上会出现大人似的愁眉不展，其中最大的烦恼就是与母亲市川安伎之间的矛盾。

充子的母亲市川安伎是作家，主要工作是写专栏、参加电视台的脱口秀节目。她曾在周刊上发表手记《我要生下××××的孩子！》并最终让××××身败名裂。她还把自己与孩子(充子)的生活写成《天使与我》，成了畅销书作家。平日里，她一直铆足劲儿四处寻找新的"素材"。

充子说过："我妈那种人，只要能拿来炒作卖钱，即使伤害他人也无动于衷。我真的受不了她。"于是她选择离家出走。

这个表面俗气、"即使伤害他人也无动于衷"的安伎是个有趣的人物。

然而，别说充子，连读者对市川安伎估计也是毁誉参半。

"果然还是会想结婚啊。"充子对遇害的新娘如此感叹道。

充子的母亲安伎是未婚的单亲母亲。在如今的时代，未婚妈妈也可以挺起胸膛，活得坦荡，所以未婚不算什么。但是该如何判断她那些"即使伤害他人也无动于衷"的言行？

读了她与充子的种种矛盾，我是这么想的——

安伎真的是一直单方面地伤害他人吗？

后来的安伎看上去独立能干，生活充实，凡事都很有自己的主见，但在以前，也许她曾遭人非议，受过伤害。

烦恼、困顿的时候，也许正是年幼的充子像小猫一样钻到安伎怀里，让她苦恼无解的情绪得以稍稍释怀吧？

陷入困境却在不经意间得到纾解、释放，会特别感恩，感受到强烈的幸福。这真的很不可思议。

也许安伎只是忍不住写出了自己亲身感受到的幸福。

虽然没有结婚，但还是很幸福——也许她就是在这么想、这么写的过程中收获了独立、充实的生活。

虽然在道德上，她的确做了些出格的事……

赤川次郎先生在河童小说版的《作者说》中曾这样写道：

在这个时代，男女间的爱情、亲子间的关系都变得多种多样……当然，其所导致的恋爱中的悲欢离合、亲子间的相爱相厌，这些人类的情感从未改变。

　　然而，当世界变得晦暗，人们失去活力之后，一定
会有人推崇传统的道德观，认为女性应该回归家庭。我
觉得片山兄妹和福尔摩斯是在为那些打破固有印象、高
喊"未来属于我们"的年轻人呐喊助威。

　　安侬的道德观与传统的道德观相去甚远，但我觉得她是那
种敢以素颜示人、表情丰富、活得精彩的人，好像一只猫。

　　那么，在这次的事件中，凶手又是怎样的表情？

　　杀害新娘、在尸体上摆放面无表情的纸偶的杀人魔到底
有着怎样的素颜？

　　当然，不到最后不会知道凶手是谁。安侬也是如此。

　　在新旧价值观激烈碰撞的过程中，有人无法活得随心所
欲，始终与苦恼相伴，于是只能戴上假面，却最终无法摘下。

　　"无法祝福他人幸福的人实在太可怜了。是吧，福尔摩
斯？"晴美的这句话深得我心，让我读到了赤川次郎先生试
图传递的信息。

　　福尔摩斯笑了。

　　"喵——"福尔摩斯笑了。

　　我非常喜欢猫的丰富表情与推理。

　　不过在这本书中，据说没有养老金的猫也有苦恼。

猫会有什么苦恼？我真的很好奇。

也许会学市川安汝去做个突击采访："这个素材我要了！"

然后，听到"喵——"的一声，内心得到纾解……